Patrick Pécherot

Belleville
Barcelone

Gallimard

Retrouvez Patrick Pécherot sur son site internet :
www.pecherot.com

Et des armes rouillées pour ne pas oublier.

LÉO FERRÉ

Paris, 1938, le Front populaire vit ses derniers jours. Les crises politiques se suivent et les gouvernements se succèdent. Des groupes d'extrême droite rêvent de renverser la République. Le pays résonne du bruit des attentats commis par l'un d'eux, la Cagoule, dont la tentative de coup d'État a été déjouée quelques mois plus tôt.

En Europe, le péril monte. Hitler annexe l'Autriche et lorgne vers la Tchécoslovaquie. En Italie, dans le silence de la Société des Nations, Mussolini savoure son invasion de l'Éthiopie. De l'autre côté des Pyrénées, la guerre d'Espagne fait rage. Divisées, privées du soutien international, les forces républicaines sont enfoncées par les troupes du général Franco.

En URSS, Staline lance une nouvelle vague de purges sanglantes. À Moscou, les procès reprennent de plus belle, la chasse aux opposants ne connaît plus de frontières.

L'embrasement général s'annonce. Pour l'oublier, on chante que *Tout va très bien*, on rit aux facéties de Fernandel et l'on se passionne pour Eugène Weidmann, le jeune tueur en série dont le procès s'est ouvert à Versailles.

À Belleville, dans les locaux de l'agence Bohman — enquêtes, recherches et surveillance — un détective s'ennuie. Il ne sait pas encore que le monde bascule.

I

La fille était aussi pâle qu'un clown blanc, mais personne n'avait envie de rigoler. À part la grosse dame qui gloussait au premier rang. Un petit rire haché comme une quinte de toux. Le genre de crincrin dont on joue pour calmer ses nerfs et qui porte sur ceux des autres. Ça tombait mal, ils étaient plus tendus que des cordes à piano. Dans l'assistance, j'en voyais deux ou trois qui lui en auraient bien collé une, à la grosse. Juste pour en finir.

Indifférente à tout, la fille au teint blafard ne risquait pourtant pas d'être dérangée. Allongée entre quatre cierges, un coussin de fleurs sous la tête, elle était aussi raide qu'un gisant. Elle reposait sur une planche en équilibre entre deux tréteaux. Son corps était couvert d'un linceul, mais à deviner ses formes, là-dessous, on se prenait à regretter de ne pas partager le dernier sommeil de la frangine.

Le type s'est approché en silence, avec une

tête de circonstance. Une vraie gueule d'enterrement. Dans son habit noir trop grand pour lui, il a fait deux ou trois passes en agitant sa cape. Puis il a ôté la planche qui soutenait la défunte. Elle est restée là, à l'horizontale, bien rigide sur ses tréteaux. D'un geste étudié, il les a retirés l'un après l'autre. La grosse femme a poussé un cri. La morte flottait dans le vide.

Pour mieux nous le prouver, le gus a passé un cerceau autour du corps immobile. Il l'a fait aller et venir des pieds à la tête, sans rencontrer la moindre résistance. Après quoi, il s'est incliné, les mains jointes devant la poitrine.

Un officiant a mouché les cierges. La salle a plongé dans le noir et la grosse dame a tourné de l'œil. Quand la lumière est revenue, la morte avait disparu.

— Prodigieux !

Dans le théâtre à demi vide, mon voisin applaudissait à tout rompre. Je me suis penché vers lui :

— Le cadavre évanoui, chouette titre pour un épisode de Fantômas, non ?

— Monsieur, un peu de respect, vous parlez du Swami !

Il n'avait pas la tronche à plaisanter. Plutôt la bobine d'un de ces doux dingues qui se pendent aux sandales du premier fakir qui passe.

Je l'ai laissé à sa transe et j'ai filé vers les coulisses. Dans le hall, une toile peinte représentait la cour d'une caserne. Elle annonçait que, le quinze mai 1938, les Parisiens pourraient retrouver les facétieux pioupious de Courteline. Cinquante-deux ans après sa création, la célèbre *« revue militaire en trois actes et neuf tableaux »* était de retour à l'affiche. Tandis que l'Europe résonnait du bruit des bottes, la France riait aux *Gaietés de l'escadron*.

Au fond d'un couloir encombré d'accessoires, j'ai déniché les loges. La première était vide. Un bristol épinglé sur la seconde indiquait que son occupant n'était autre que le Professeur Sri Aurobindo Bakor, grand Swami de Bombay.

— Salut Corback ! j'ai lancé en poussant la porte.

Le maître se démaquillait. Une joue décapée, l'autre pas, on aurait dit un bonbon menthe réglisse. Il m'a dévisagé, l'œil plus noir que la barbe. Prêt à mordre.

— Qui vous a permis d'entrer ? il a aboyé.

Et soudain, son visage s'est éclairé.

— C'est pas vrai, il a fait, la voix changée. Pipette, ma vieille Pipe ! Nes…

— Stop ! Y a des blazes à ne pas prononcer.

— Oh, dis, y a prescription !

— Va savoir…

— Bouge pas, je me débarbouille et on s'en jette un.

Il s'est tartiné de crème avec l'énergie d'une rombière qui se replâtre.

— T'as quitté Borniol ? j'ai demandé en reniflant un pot de vaseline.

— Non, j'assure toujours les fins de mois. Croque-mort c'est pas le Pérou, mais Swami, je te raconte pas.

— C'est pas les accessoires qui te coûtent cher.

— Ça ? il a fait, devant les fleurs et les tentures funèbres accrochées aux cintres. Et alors, on n'enterre personne la nuit. Parle-moi plutôt de toi. Toujours privé ?

— Toujours. Chez Bohman : enquêtes, recherches et surveillance.

— On est peu de chose, quand même.

Il a chopé une boutanche qui traînait, quand la porte s'est ouverte sur une apparition. Plus serrée dans son sari qu'une statue de bronze dans son moule, la morte revenait chez les vivants.

— Les linceuls, je t'ai déjà dit de les choisir plus class. Tu sais bien que la toile m'irrite la peau, elle a râlé en montrant la naissance de ses seins.

Elle a tapé une cigarette dans un paquet abandonné entre un flacon de khôl et des cotons sales.

— C'est vrai, quoi ! elle m'a pris à témoin, regardez, je suis toute marbrée.

16

— Quelle misère, j'ai compati, ses flotteurs sous le nez. Corback, il respecte même pas la beauté.

Elle a soufflé un nuage de tabac :

— Ah ! tu vois. Ton ami, il pense comme moi. Pourtant je le connais pas.

J'avais dans l'idée que l'eau montait dans le gaz :

— Je veux pas déranger plus longtemps.

Corbeau a pris l'air entendu.

— Lucia est toujours nerveuse après la transe. Te bile pas, ça ira mieux demain. Passe nous voir, on causera des copains. Trois rue Curial, oublie pas, hein ?

Je me suis éclipsé tandis que la fille râlait :

— Un linceul en soie, c'est quand même pas la mort.

Dans le théâtre vide, les ouvreuses pliaient bagage. Dehors, la nuit s'était installée, emplissant les bistrots. J'ai bourré ma bouffarde et j'ai enfilé la rue de Belleville en lâchant ma fumée comme une petite loco peinarde.

Sacré Corbeau. Ça faisait pas loin de dix piges. Il turbinait déjà aux Pompes Funèbres quand on s'était rencontrés. En Belgique. Il présentait un numéro de magie dans un cirque. Pour se payer le voyage, il avait monté une arnaque aux assurances. Un accident de travail bidon, une fausse histoire de clou qui dépassait d'un cercueil. À

17

tripoter de la charogne, le moindre bobo pouvait s'infecter. Le toubib n'avait pas voulu risquer le coup. Quinze jours de congé, c'était toujours moins cher à payer qu'un tétanos fatal. Certificat médical en poche, Corback s'était pointé à Gand. C'est Lebœuf qui me l'avait présenté. Un frangin de la grande époque celui-là. Quand il ne perçait pas des coffres-forts, il faisait l'hercule sur la piste. Un tatouage sur son biceps proclamait qu'il ne connaissait ni Dieu ni maître. Corbeau partageant sa philosophie, ils s'étaient associés à l'occasion de quelques cassements. Pour la bonne cause. La leur. La nôtre.

Rue des Couronnes, ma pipe s'était éteinte. Je l'ai fourrée dans ma poche et j'ai pris le passage Plantin. Becs de gaz en rideau, la nuit s'y faisait plus noire qu'un drapeau. Un temps à percer les coffiots, j'ai pensé en songeant à Lebœuf. Pour l'heure, il devait s'en prendre au blindage des chars de Franco. Laissant les honnêtes gens dormir au chaud, il était parti faire le coup de feu en Espagne. Sans chichis ni tralalas. Parce que certaines choses valent qu'on risque sa peau.

Justement, on était en train d'en tanner une, dans le coin. Le bruit ne laissait aucun doute, on passait quelqu'un à tabac. Un truc qui m'a toujours chatouillé les narines. J'ai pointé mon nez où résonnait le sale son des gnons.

Ils étaient quatre à s'acharner et le cinquième tentait de parer les coups. Entreprise délicate quand on est couché sur le pavé. Aussi, les autres ne ménageaient pas leurs encouragements. « *Métèque ! On va te faire bouffer tes dents en or !* » J'en passe et des meilleures.

— J'arrive messieurs ! j'ai crié. Nous ne serons pas trop de cinq pour venir à bout d'une crapule.

Ça les a pris de court. Le temps qu'ils réagissent, j'en ai étendu un. Son pif a éclaté sous mon poing et le gars s'est répandu comme un paquet de linge sale. Ensuite, ça s'est gâté. J'ai senti qu'on me prenait à revers. Ma nuque a explosé et la ruelle est devenue rouge. Un rouge liquide. Tout s'est mis à tanguer. Je ne percevais plus que des bribes de phrases. Et des bruits. Plein de bruits. De pas, de voix, de coups. Ça devenait coton à suivre. À genoux, je me faisais l'effet d'un taureau à l'heure de la mise à mort. J'ai jamais aimé les corridas. J'ai préféré m'évanouir.

II

Deux jours plus tôt, le type était entré sans frapper. On ne l'avait pas habitué à attendre derrière une porte qu'on lui demande de l'ouvrir. Un bel homme. Doté du début d'embonpoint qui marque sa position sociale. Les tempes grisonnantes, la moustache fine. Peut-être son teint sanguin trahissait-il un surcroît de tension artérielle, mais sa visite ne devait rien à ces petits soucis.

Dans son costume d'alpaga, il ressemblait à un colon en visite dans sa plantation. Il avait ôté son panama et ne trouvant pas de larbin à qui le confier, il l'avait jeté sur mon bureau. Après quoi, il s'était assis. Il avait retiré ses gants dont la peau devait manquer à un brave pécari, puis il avait dit :

— J'aimerais que vous retrouviez ma fille.

Dans sa bouche, la formule était plaisante. On aurait dit qu'il parlait d'un parapluie. Je n'avais pu m'empêcher de lui demander sur le même ton :

— Vous l'avez égarée ?

Il m'avait gratifié d'une moue navrée. Celle qu'on réserve aux balourdises de l'idiot du village.

— Je suppose que ce genre d'humour est de bon aloi dans votre profession, mais croyez que ma démarche n'a rien de facile.

— O.K., repartons sur d'autres bases. Depuis quand votre enfant a-t-elle disparu, monsieur ? Monsieur…

— Beaupréau. Louis Beaupréau. Aude a quitté notre domicile voici huit jours.

— Une fugue ?

— Légalement, elle en a le droit. Elle est majeure.

— Depuis longtemps ?

— Une semaine.

— Un chouette anniversaire. Vous n'avez pas songé à prévenir la police ?

— Il serait maladroit de mêler ces messieurs à une affaire… sentimentale.

— Ah !

— Aude a toujours été très fleur bleue. Sous l'effet de ces lectures dont la jeunesse raffole, elle s'est mise à rêver de mansardes, de cheminées d'usines et de bals populaires. Elle a fini par s'enticher d'un manœuvre. Un garçon assez peu recommandable. J'aimerais que vous lui fassiez comprendre que tout ceci n'est qu'enfantillages. Je ne lui reprocherai rien, j'ai les idées larges…

— Comme un wagon de première classe.

— Pardon ?

— N'y monte pas qui veut.

— Épargnez-moi vos traits d'esprit et votre prix sera le mien. Si dans une semaine ma fille est de retour, je double le tarif.

— Le mien est syndical. Multiplié par deux ça risque d'être cher.

Il avait posé un paquet de biftons sur le bureau. Un de ceux qui achètent la paix sociale.

— C'est comme si c'était fait, monsieur Beaupréau. À quoi ressemblent nos tourtereaux ?

Il m'avait tendu une enveloppe avec une condescendance un peu lasse. J'en avais extrait une photo de la demoiselle. Le gentil portrait d'un charmant minois. Tout à fait comme il faut. Avec un je ne sais quoi de fragile dans le regard. Une ombre guère plus visible qu'une infime fêlure sur une porcelaine.

Le second cliché provenait d'un journal. On y voyait un groupe de gars robustes, le sourire aux lèvres, les biscotos saillants sous le bleu de travail. Ceux du premier plan s'accroupissaient à la manière des avants d'une équipe de foot posant pour un instantané. Les autres se tenaient debout derrière, enlacés dans l'attitude des frères d'armes qui partagent une grande aventure.

Un accordéon trônait sur le sol en ciment, le parterre d'un atelier dont on distinguait les machines. Au-dessus, entre deux poutrelles métalliques, une banderole cousue dans un vieux drap faisait ce qu'elle pouvait pour se gonfler d'importance. Elle annonçait au monde que l'usine Bornibus était en grève.

Beaupréau avait hoché la tête :

— Pietro Lema, le deuxième en partant de la gauche.

Le soupirant était beau gosse. Une gueule de jeune premier, la trentaine mélancolique, le cheveu sombre et l'œil assorti. Le tout posé sur un corps élancé qui dégageait un mélange de force et de nonchalance. Le genre de zigoto qui n'a pas besoin de rouler des mécaniques pour en imposer. Et en prime, juste ce qu'il fallait d'allure canaille pour chambouler un cœur de midinette.

Beaupréau s'était levé en époussetant son veston :

— Je vous contacterai d'ici quatre jours. Disons vendredi, à 17 heures.

Un truc devait le travailler, il était revenu à la charge :

— Aude traverse une crise d'adolescence tardive. Elle rejette tout ce qui touche à sa famille, en particulier ce qui me concerne. Aussi, est-il préférable que vous ne fassiez pas état de ma démarche. Suis-je clair ?

Pour être certain que j'aie bien pigé, il avait ajouté :

— Ne lui dites pas que je vous envoie. Dans son état, elle risquerait de se braquer. Mieux vaut la persuader que… ce… enfin, cet individu n'est pas l'homme qu'elle s'imaginait. Vous comprenez ce que je veux dire, n'est-ce pas ?

La conviction qu'il mettait à me prendre pour un con aurait pu être désobligeante, mais pour le prix, il aurait eu tort de se priver. En partant, il s'était retourné pour considérer l'argent sur le bureau. Il avait paru hésiter, puis il était sorti.

Dehors, une voiture l'attendait, une Traction aux quarante-six bourrins piaffant sous le capot. Beaupréau s'y était engouffré après avoir échangé quelques mots avec le conducteur dont on apercevait le crâne aussi chauve qu'un œuf. Pâques approchait.

Dans la pièce voisine, une machine à écrire s'était réveillée.

— Yvette ? Vous êtes déjà rentrée ?

— Oui… Je n'avais pas très faim. Je suis passée par-derrière pour ne pas vous déranger.

La secrétaire du patron était économique. Même quand elle jeûnait, sa force de travail restait intacte. L'heure de la reprise avait à peine sonné qu'elle tapait déjà sur son clavier avec le zèle d'un pivert besogneux. Habituellement son boucan me mettait les nerfs en pelote. Ce jour-là, il m'avait paru mélodieux. Sur le burlingue, les billets de Beaupréau faisaient comme un bouquet d'oseille. Bien plus gros que celui qu'on exigeait pour ce genre de travail. Avant de les déposer au coffre, j'en avais prélevé le surplus. La journée s'annonçait belle. Par la fenêtre ouverte montaient des odeurs d'arbres, de terrasses et de fruits nouveaux. À peine de retour, le printemps musardait, j'étais descendu lui tenir compagnie.

Je m'étais installé chez Gopian. Un petit caboulot de l'avenue Bolivar qui donnait sur les Buttes-Chaumont. Gopian y avait investi les trois sous rapportés de son Arménie natale et ceux qu'il avait grattés en vingt piges à Belleville. Dans son deux pièces de la rue Piat, il s'était usé la santé à fabriquer des chaussures. Courbé jour et nuit sur son établi, baignant dans l'odeur du cuir qu'il entassait dans sa chambre, il avait réuni de quoi se payer la patente d'un bouiboui, fier de ne le devoir qu'à lui. « *Les Arménouches, on est les rois de la pompe. Mais attention, on les cire à personne.* »

Depuis il s'ingéniait à mélanger, sur ses fourneaux, les parfums d'Anatolie à ceux de Ménilmontant.

Gopian m'avait servi un raki et des pistaches.

De quoi me sentir heureux comme un prince. Lézarder, je ne connais rien de mieux. Dans ce boulot, les occasions ne manquent pas, et depuis que je l'avais déniché, je n'en ratais aucune. Pas une filature sans sa halte sur le zinc. Pas une planque sans son arrêt comptoir. De l'assommoir à la brasserie chromée, des troquets, j'en avais vu de toutes les couleurs. J'aurais pu écrire un guide là-dessus, mais ce n'était pas dans les cordes de l'agence Bohman. Autoproclamée « première maison de France et de l'étranger pour la rapidité et la sûreté de ses informations », le turf qu'on lui confiait en valait d'autres. Les frasques du fils de famille, les cinq à sept de l'épouse infidèle, l'héritier-mystère… À Bohman ce qui sortait du lot, à moi le tout-venant, j'étais un manœuvre de la filoche.

En sirotant mon anisette, je reluquais les arpettes qui retournaient au labeur. Le soleil caressait leurs robes légères, avec des indiscrétions à vous flanquer le sang à la tête. L'air charriait de la transparence ! Tout ce tissu mousseux, c'était pas sorcier à deviner ce qu'il cachait. Ça froufroutait plus gaiement qu'au bal du Quatorze juillet. Et les œillades ! Les souris s'amusaient à vous en décocher des vraiment délurées. Le sourire ingénu par-dessus, des fois que vous vous seriez imaginé des choses.

Je m'étais attardé sur les courbes d'un trio de

secrétaires bien girondes qui descendait l'avenue. Quand elles n'avaient plus été que trois petites taches de couleur, je m'étais remué. À chacun son tour d'aller au chagrin.

Le vent s'était levé. Sur le kiosque, les journaux s'agitaient avec des impatiences d'oiseaux en cage. Les unes titraient sur le nouveau gouvernement Blum. Deux ans après la grande java de 1936, le Front populaire s'accrochait mais l'ambiance n'y était plus. On avait perdu le goût de la franche rigolade. Peut-être l'odeur d'incendie venue d'Espagne ou le mauvais zef qui soufflait d'Allemagne. Allez savoir ! La campagne était toujours aussi belle et les tandems rutilants, il ne manquait pas un bouton de veste aux camarades ministres. Mais tout ce bazar s'était éventé comme un parfum dont le charme s'évapore. Même les grèves qui éclataient encore ici et là sentaient le rance. On aurait dit des gros renvois mal digérés.

Boulevard de la Villette, des effluves de vinaigre annonçaient l'usine Bornibus, moutarde et condiments. À l'entrée, le nez bouché par les années de service, un planton blanchi sous le harnais comptait les mouches. Je l'avais salué, jovial :

— Belle journée !

— C'est de l'orage pour bientôt, il avait répondu avec l'idée de me contredire.

J'avais sorti ma blague à tabac :

— Du gris que l'on prend dans ses doigts… Y a rien de mieux, pas vrai ?

— On le dit.

J'avais bourré ma pipe avant de lui lancer le paquet :

— Servez-vous, c'est encore meilleur quand on le partage.

Il ne s'était pas fait prier pour se rouler une cigarette. Entre ses pattes aux ongles en deuil, le papier allait et venait comme un insecte énervé.

— Vous travaillez ici depuis longtemps ?

— Quarante ans.

— Vous avez dû en voir, du monde…

— Pour sûr.

— Vous êtes un peu la mémoire de la maison.

Il tirait sur sa cigarette à la façon des crapauds que les sales mômes font fumer jusqu'à ce qu'ils éclatent.

— Mais pas la parole, hein ?

— Ça dépend.

J'avais exhibé un billet et la photo de Pietro.

— Je paie que pour un. Le beau brun, à gauche. Il bosse toujours ici ?

— Lema ? Non. Les loustics de son espèce, ça tient pas en place.

— On les vire ?

— Puisque vous le dites.

— C'est un rouge ?

— Si on le mettait en bouteille, on risquerait pas de se gourer.

— Vous avez une idée de l'endroit où il perche ?

— Faudrait que j'demande au service du personnel.

Mon second talbin avait rejoint le précédent.

— J'aime bien votre conversation, il s'était marré. Revenez demain, on discutera le coup.

C'est en m'éloignant que j'étais tombé sur la trombine de Corbeau, placardée sur un mur. L'œil charbonneux, le teint plus hindou que s'il sortait du Gange, mon pote était devenu Swami. Pour un soir, il prodiguait ses dons au théâtre de Belleville. Ça valait le détour. Rien ne me pressait, j'avais décroché un bizness plan-plan. Il suffisait de se laisser porter. Quand le vieux m'aurait dégotté l'adresse du séducteur, je donnais 24 heures à la mignonne pour revenir dans le giron paternel.

C'est fou comme un marron sur la nuque peut changer les choses.

III

Des marrons, j'en avais dégusté des fameux, mais celui qui m'était tombé dessus passage Plantin devait être maousse. Il m'a fallu trente-six heures pour le digérer. Trente-six heures d'un coma nauséeux, entrecoupé de cauchemars où rôdait la morte-vivante de Corbeau. Dans un théâtre en ruine, elle se décomposait sous des gerbes de fleurs pourrissantes, pour la plus grande joie d'un public de squelettes ravis de sa putréfaction. C'est le glas qui m'a réveillé. Il sonnait sous mon crâne. Quand j'ai émergé, les squelettes se payaient ma fiole. Histoire d'y voir plus clair, j'ai refermé les yeux. C'était idiot. Pourtant, dans ma caboche, la douleur s'est calmée. J'ai fait une nouvelle tentative. Chaque battement de paupières me décollait la rétine, mais j'ai de la suite dans les idées. Au bout d'une éternité, j'ai pu garder les yeux ouverts. Face à moi, les squelettes n'étaient plus seuls. Une nuée de papillons noirs les avait rejoints, attirée par la lueur d'un bec de gaz qui éclairait la scène.

Il régnait un sacré bordel dans le coin. Un bordel familier, un bordel surréaliste.

— Et les papillons se sont mis à chanter, j'ai murmuré en reconnaissant le collage de Max Ernst sur le mur de ma chambre.

J'étais chez moi. J'ignorais comment, mais j'étais rentré au bercail. Je me suis levé, j'ai titubé jusqu'à l'évier et je me suis flanqué la calebasse sous le robinet. L'eau froide m'a ramené à la vie.

Beaupréau m'avait donné quatre jours, le compte à rebours avait commencé. Le ciboulot endolori, j'ai ingurgité un litre de café assaisonné d'aspirine. Une heure plus tard, je me sentais d'attaque. J'ai repris la direction de l'usine. Dans sa guérite, le vieux n'avait pas bougé. À tourner là-dedans une vie entière, il avait adopté les manières d'un poisson rouge dans son bocal. Dès qu'il m'a aperçu, il est remonté à la surface.

— Z'êtes en retard, il a lancé en guise de bonjour.

— Gardez ça pour d'autres, j'ai grogné, moi, je pointe pas.

— Ça vous empêche pas d'être à l'amende.

— Pardon ?

— J'ai effectué le travail demandé dans les délais demandés. Vous prenez livraison avec un jour de retard, vous êtes à l'amende. Si personne respectait la pendule, y aurait plus d'ordre des choses.

À l'entendre dégoiser, la douleur s'est réveillée.

— Parlez moins fort, j'ai dit.

Le vioque insistait :

— Un jour de retard, ça se pénalise.

Je l'ai alpagué au colbac :

— Où crèche Lema ?

Il devenait tout mou, j'ai relâché mon étreinte.

— 12, passage Notre-Dame-de-la-Croix, il a bredouillé. C'était pas la peine de vous énerver.

Quarante ans à surveiller ses horloges, y avait de quoi se forger des certitudes à la noix pour tenir le coup. J'ai glissé un billet dans sa poche.

— Faut pas m'en vouloir, j'ai fait.

Et j'ai tourné les talons. Mon insouciance des jours précédents m'avait quitté. Peut-être un effet des coups sur la coloquinte ou le remords d'avoir secoué un paumé. Y a des choses, comme ça, qui vous sapent le moral plus vite qu'un repas de famille.

Le passage Notre-Dame-de-la-Croix s'enfonçait entre deux rangées d'immeubles décrépis. Leurs façades noircies par la suie des cheminées s'ouvraient sur des cours puantes et des escaliers branlants. C'était une rue de pauvres où le soleil n'entrait pas. Pour se coltiner ce nid à misère, fallait que la môme l'ait dans la peau, son beau prolétaire.

J'ai avisé deux gosses qui jouaient dans le caniveau :

— Salut, je cherche Pietro Lema.

Le plus grand avait tout juste dix ans. Depuis longtemps, il ne croyait plus aux histoires à dormir debout

— Qu'est-ce que vous lui voulez ? il s'est enquis, soupçonneux.

— Je suis un cousin d'Aude, je profite d'un passage à Paris pour lui faire la bise.

— Une bise ? Ah ouais…

— Va pas te méprendre, j'ai rigolé. À un homme comme toi, je m'aviserais pas de beurrer les lunettes.

Le môme s'est rengorgé.

— Ils sont plus là, les amoureux ! Déménagé à la cloche de bois, si vous voyez c'que j'veux dire. C'est la bignole qu'était fumasse quand elle est montée encaisser le terme. Le proprio a dû lui passer un sacré savon, à la concepige.

J'avais entrepris de bourrer ma pipe. Le gamin lorgnait le paquet de gris. Je commençais à trouver inquiétant qu'un caporal attire autant de monde :

33

— Je t'en offrirais bien, mais j'ai rien pour rouler.

Le moujingue a sorti un morceau de journal de sa poche :

— Vous bilez pas, j'suis équipé.

Je lui ai refilé mon tabac.

— Tu saurais pas où on peut les trouver ? Mon train repart ce soir et je ne reviendrai pas de sitôt.

Sous l'œil envieux de son copain, le môme se confectionnait une cigarette avec l'habileté d'un ramasseur de mégots professionnel.

— Désolé, il a toussoté. Tentez votre chance avec Marcel. Il les a aidés à transbahuter leurs frusques.

— Et où on le rencontre, Marcel ?

— Vous le trouverez à l'Alhambra, c'est le taulier. Marcel La Bohème.

— Merci du tuyau, fils. T'as gagné le reste du perlot.

J'ai laissé les deux têtards à leur ruisseau.

Il était trop tôt pour la java. Je me suis posé à la Vielleuse, la brasserie du boulevard de Belleville. J'ai tué le temps à coups de bocks en admirant les rois du billard qui carambolaient aux tables vertes. Fendu trente ans plus tôt par un obus de la grosse Bertha, le miroir du bar donnait à leur reflet des aspects fantastiques.

Quand j'en ai eu marre de faire banquette, j'ai poussé jusqu'au bal. Planqué au fond d'un boyau obscur, l'Alhambra Musette tenait du tapis franc et du bastringue de quartier. Dans un joyeux mélange, le piano à bretelles y faisait guincher les ouvrières aussi bien que les gigolettes, les artisans que les arsouilles.

Devant moi, une blonde généreuse s'accrochait au bras de son jules pour ne pas se tordre les chevilles sur les pavés. Je les ai suivis.

À l'intérieur, le balloche battait son plein. Pour gagner quelques mètres carrés, le patron avait installé l'orchestre sur une mezzanine. Ils étaient quatre à s'y échiner, en équilibre instable, leur crâne touchant le plafond. En dessous, noyés dans la fumée, les couples tournoyaient comme des derviches. Entre chaque danse, un aboyeur fendait la foule pour encaisser les jetons : « *Passons la monnaie !* »

Quand les danseurs avaient payé leur tour de piste, les musiciens embrayaient, l'accordéoniste en tête. Pour tricoter, il tricotait. Une touche à l'endroit, un bouton à l'envers. Un truc à se faire des nœuds avec les doigts. Mais lui, c'était comme s'il se les collait dans le pif en descendant ses gammes. Au rayon acrobaties, le guitariste n'était pas en reste. Il alternait les pompes et les barrés dans des accords plus tordus qu'un coup de Jarnac. Tous les deux, ils se lançaient dans la voltige avec des audaces de trompe-la-mort. De vrais trapézistes. Ils s'envoyaient les notes sans filet. De plus en plus vite. À chaque fois, ils frôlaient le vide et se rattrapaient in extremis. Ça vous collait le frisson de les voir risquer la chute à tout bout de champ. Faut être givré pour jouer sa vie sur des instruments. Ces deux-là l'étaient. À tenter le diable, ils ne pouvaient que mal finir. Mais, le diable, il aimait ça, la musique. Il les a laissés atterrir.

L'accordéon a poussé un dernier soupir et le guitariste s'est fendu d'un sourire plus doré qu'une gourmette. À bout de souffle, le batteur a annoncé un quart d'heure de pause. On aurait cru qu'il venait de courir le Paris-Roubaix. Il est descendu de l'estrade, les reins moulus, des crampes aux bras. Le joueur de banjo restait rivé à son manche. Étonné d'avoir tenu la distance.

Les couples ont rejoint le bar dans une odeur aigrelette de sueur et d'eau de Cologne. Les joues en feu, les femmes reprenaient haleine. Les hommes jouaient les affranchis, mais on voyait bien qu'ils avaient trimé dur à la gambille.

Je me suis frayé un chemin jusqu'au zinc.

— Je cherche Marcel, j'ai demandé à un loufiat aux bacchantes d'Auvergnat.

— C'est pas ce qui manque, ici, il a répondu en tirant un demi de bière à la pression.

— La Bohème, ça limite le nombre.

Le barman a lâché sa pompe pour filer remplir les verres à l'autre extrémité du comptoir.

— Vous lui voulez quoi à Marcel ?

Je me suis retourné. Attifé d'un costard rayé à la mode demi-sel, le petit curieux suçotait un cure-dent. Un jeunot, monté en graine, avec les tifs carotte, des taches de son plein le visage et un sourire franc comme un dé pipé.

— Lui parler de la famille, j'ai répondu, bonasse.

Il m'a reluqué des pieds à la tête avec des manières de dur trop affectées pour être honnêtes.

— C'est important, la famille, il a fait en m'indiquant une porte marquée « privé ».

Au fond d'un corridor mal éclairé, une seconde porte nous attendait. Le pégriot a frappé, fier de me montrer qu'il en avait le droit. Puis il s'est effacé avec le regard vide du porte-flingue. Un chien qui se fera tuer pour son maître, j'ai pensé. Je lui ai souri et je suis entré. Le cabot sur mes talons.

Marcel La Bohème devait son surnom à un séjour chez les manouches. Tout minot, il avait chopé le virus de la vadrouille. À l'école obligatoire, il préférait celle des terrains vagues. Quand avait sonné l'heure de l'atelier, il avait mis les bouts vers la zone où campaient les nomades. Il en avait ramené d'étranges habitudes, une vilaine balafre à la joue gauche et un couteau dont il ne se séparait jamais. Lorsque je suis entré, il s'en servait pour se curer les ongles.

— C'est quoi, ce char à propos de la famille ? il a demandé quand le jeune malfrat a eu fini les présentations.

— La famille, la famille… votre bas-rouge à rayures est peut-être fidèle mais il comprend pas tout. La famille, c'est celle de la compagne de Pietro Lema. Avec ce qu'elle va palper si j'arrive à mettre la main dessus, elle n'aura plus besoin de déménager à la cloche de bois.

Le rire l'a secoué comme un arbre sec sous la bourrasque. Pour un peu, on aurait entendu ses os s'entrechoquer.

— Bas-rouge à rayures ! T'as esgourdé, Pierrot ? Elle est bonne, celle-là. Bas-rouge à rayures…

Pierrot ne riait pas. Marcel s'est essuyé les yeux :

— Vous êtes un marrant, vous. Bon, alors, la fille ?

— Un classique, j'ai menti. Son oncle vient de passer l'arme à gauche. Veuf, sans enfant, il avait reporté toute son affection sur sa nièce. Jusqu'à en faire sa légataire universelle. Elle hérite. Je suis chargé de la mettre au parfum. Je

suis prêt à payer les informations qui me per-
mettront de la retrouver.

— Eh ben, le Pietro, il est verni dans son
genre.

— C'est quoi, son genre ?

— Celui d'un mec réglo, plutôt grande gueule.
Ça lui vaut pas que des amis. Surtout dans les
boîtes où il passe. À force, y en aura plus beaucoup pour l'embaucher.

— Pas d'embrouilles ?

— Dites, vous êtes sûr que c'est la poule que
vous recherchez ?

— C'est elle que je cherche et c'est elle qui
hérite.

Il a planté ses yeux dans les miens.

— Précisez...

— C'est pas compliqué. Le petit monde qui
m'emploie a l'esprit bourgeois, il n'aimerait pas
que le patrimoine échoue dans la poche d'un
barbeau. Même réglo. Quand le beau Pietro sera
tricard dans toutes les usines, qui sait s'il ne
sera pas tenté de se laisser pousser des nageoi-
res et de plonger dans le magot ? Il n'aura peut-
être pas d'autre choix. Mieux vaudrait lui éviter
ça. Celui qui m'y aiderait n'aurait pas à s'en
plaindre.

Marcel tâtait la pointe de son couteau :

— J'ai rien contre Lema, moi. Il me botterait
plutôt, même.

— Personne ne vous demande de lui faire des crasses. Au contraire. Si la petite se détache de lui, il aura quoi ? Le bourdon pendant une semaine ? Deux ? La belle affaire. C'est rien à côté de ce qui l'attend s'ils restent ensemble. Un jour ou l'autre, quand la môme aura goûté à l'oseille, elle le regardera de haut. Il sera le prolo de service, celui qui détonne en société. Ses manières lui paraîtront vulgaires, ses goûts grossiers et ses idées bornées. S'il tape dans le pognon, ce sera pire. Elle lui reprochera de vivre à ses crochets. On le traitera de gigolo. Le fric, ça pourrit tout.

— Question d'opinions.

— Rappelez-vous, parmi les femmes qui fréquentent l'Alhambra. Il y en a bien une qu'il a soulevée, jadis ?

— Hé ! Il plaît aux dames.

— Et pas seulement aux oies blanches…

— Les sentiments, ça se commande pas.

— Je suis certain qu'en réfléchissant, vous vous souviendrez qu'il lui est arrivé de sortir avec des gagneuses.

— On peut pas l'exclure.

— La petite, c'est l'innocence même. Ce serait vache de l'abandonner aux bras d'un quasi-gigolpince. Un ami se ferait un devoir de l'affranchir. Moi, elle ne me connaît pas. Tandis que vous qui l'avez aidée à échapper à leur pro-bloc...

— Sûr que ça serait une façon de leur rendre service à tous les deux... Sans compter qu'un bienfait n'est jamais perdu...

— Sans compter, faut voir...

Dans sa tête, j'ai entendu tinter la caisse enregistreuse. Il a planté son eustache dans la table et il a fait signe au rouquin de sortir.

IV

J'ai quitté l'Alhambra, l'adresse en poche et le marché conclu. Dès le lendemain Marcel irait pousser sa chansonnette. Il allait lui tailler un beau costume de scène, à son pote ! Un modèle en pure peau de hareng. Après un habillage pareil, Aude Beaupréau n'aurait plus qu'une envie, retourner chez papa. Tout rentrerait dans l'ordre. Celui qui ne mélange pas les mouchoirs de batiste et les tire-moelle à carreaux. L'inconduite aurait été de courte durée, si elle venait à faire jaser, on aviserait. Pénitence et repentance, la fille déshonorée irait se faire oublier dans une lointaine province. À moins qu'à la retraite, on ne préfère l'attaque. Le blason, ça se défend comme ça se porte. Avec de l'audace, toujours de l'audace. Les idées larges, il avait dit, Beaupréau. Nous sommes en 1938, foutre Dieu ! Il faut vivre avec son temps. À la jeunesse, les expériences ! Qu'elle jette son fichu par-dessus les moulins ! Ceux de Pantin, ou d'ailleurs... Une fille ? Et après ? Elles pilotent des avions à présent. Alors, soyons modernes. Ah ! pour sûr, si cela avait duré… Mais la récréation était terminée. Chacun retournait à sa place.

Avec tout ça, je n'étais pas très fier. Ça me faisait comme une petite trahison sur l'estomac. Du lourd à digérer. On a beau se dire sans feu ni lieu, on n'est jamais au-dessus de la mêlée.

J'ai rejoint le boulevard avec une méchante sensation d'oppression. J'aurais pu remplir mes poumons du bon air d'une soirée de printemps. Macache ! Je ne respirais pas mieux qu'un asthmatique.

C'est au coin de la rue de Belleville qu'il m'a rattrapé :

— Hep ! Monsieur.

Sans sa guitare, je ne l'ai pas reconnu tout de suite. La lumière du bec de gaz a accroché ses dents en or. À dix-huit carats par ratiche, il ne lésinait pas sur le sourire.

— Vous me remettez ? il a demandé.

— Avant ce soir, j'avais jamais vu jouer quelqu'un qui a autant de doigts que vous.

— Je suis content que vous alliez mieux, il s'est marré en m'envoyant un éclair dans l'œil.

— On se connaît ?

— On s'est rencontrés avant-hier, je passais un sale quart d'heure.

— Le passage Plantin ?

— Si vous étiez pas venus à mon secours, vous et votre ami…

— Quel ami ?

— Celui qu'a fait natchaver ces enfants de putain.

Je l'ai entraîné vers le premier estanco venu :

— Faut qu'on cause !

Il s'appelait Milou. Un Romano venu de l'Est avec ses frangins. Des rétameurs qui avaient arrêté leurs roulottes dans une prairie pelée du Pré-Saint-Gervais. Un petit coin pépère où ils ne gênaient pas le pauvre monde. Ce n'était pas l'avis d'une bande de cinglés qui s'étaient mis dans le cigare de nettoyer le quartier. Quand il leur prenait un coup de lune, ils s'offraient une virée nocturne en tenue d'apparat. Le béret sur le crâne, les bottes aux pieds et la canne plombée à la main. Le grand uniforme des Croix-de-Feu, un mouvement fondé après la guerre par une clique d'anciens combattants qui n'avaient jamais pu cesser de marcher au pas. Au début, ils se contentaient de défiler, décorés comme des sapins de Noël. Et puis, il leur était venu des idées. Simples. Les plus dangereuses. Des idées fixes. Des idées d'ordre. En finir avec la subversion, les métèques, tout ce qui pourrissait le pays. En 36, le gouvernement avait dissous leur bazar. Ça n'empêchait rien. À force de chauffer ce qui leur servait de méninges, les plus excités ne se retenaient plus. Il leur fallait de l'exercice. Un rabouin dans un coin sombre, quoi de plus tentant ?

Sur mon sauveur inconnu, je n'avais rien appris. Il était entré dans la mêlée, pétard en pogne. Son artillerie avait dispersé les troupes. Le calme revenu, il m'avait porté jusque chez moi. Milou n'en savait pas davantage :

— Pourquoi je lui aurais posé des questions ? C'était ton copain, non ?

Perdu dans ses boutanches, le mastroquet piquait du nez. La fermeture approchait. J'ai quitté mon pote le gitan pour rejoindre mes pénates, un meublé de la rue des Envierges. Chambre et cuisine disait l'annonce. Si on se faufilait entre le lit et l'armoire bancale, on dégottait la cuistance derrière un paravent. De profil, je parvenais à y cuire mon fricot. Le réchaud à alcool venait des Puces et en cas de retour de flamme, l'évier était à portée de main. À quoi ça m'aurait servi de rouscailler ? J'avais pas les moyens d'exiger la lune. Et puis, je la voyais par la lucarne. Les nuits où elle était pleine, elle s'encadrait là rien que pour moi. Avec son clin d'œil marrant des films de Méliès. Ou ses nuages inquiétants comme dans *Un Chien andalou*. Pour le prix du loyer, j'avais le cinoche à domicile. Ce truc-là m'avait inspiré deux ou trois poèmes. Des histoires de vampires amoureux et de rêves éveillés. J'en publiais de temps en temps. Dans des plaquettes qui ne se vendaient pas. On n'écrit pas pour ça, mais enfin, on aime bien quand on vous lit. Mes petits machins, c'était un peu dommage qu'ils dorment dans des bouquins aux pages pas coupées. « *Continuez,* m'avait conseillé André Breton qui les aimait, *vous êtes un hurleur de silence.* » Alors, je hurlais sans bruit. Jusque dans mes rapports d'enquête où je cachais des vers. Dame ! La poésie est partout. Même dans le crime. Après Lacenaire, l'assassin romantique, j'étais Nestor, le poète privé.

Breton, je l'avais rencontré en vingt-six. Un de ces hasards qu'il faut laisser faire. Je n'avais pas dix-huit piges et je fricotais avec des bandits de grands chemins. Plutôt creux, les chemins, comme nos estomacs. À force de les emprunter on avait croisé les potes à Breton. « *La quête implique, par définition, le maximum d'aventure* », il disait. Vu comme ça, il y avait sûrement eu des rencontres moins surréalistes.

Quand je suis arrivé chez moi, les rues s'étaient vidées. Pour quelques heures encore, les garnis abritaient des sommeils prolétaires, lourds d'une fatigue mauvaise. Des repos trop courts qui ne seraient jamais réparateurs. Plus loin là-bas, vers Passy, on jouait une autre musique de nuit. Des notes légères sur des draps fins. Mais ici...

Au troisième étage, le poids de la journée

m'est tombé dans les jambes. Par la fenêtre du palier, j'ai regardé pâlir l'aurore. Dans la cour, un matou ravageait les poubelles. À force, un couvercle est tombé sur les pavés avec un bruit de casserole. Le greffier affolé s'est carapaté dans un chahut de boîtes à ordures. Au second, une loupiote s'est allumée.

— Il va nous faire chier toutes les nuits, celui-là ? a beuglé un homme.

Un nourrisson s'est mis à pleurer.

— Manquait plus que l'autre ! a hurlé le type en ouvrant ses carreaux. Elle peut pas le calmer son chiard ?

Les pleurs ont redoublé.

— C'est vous qu'on devrait calmer, a crié la mère du mioche. C'est pourtant pas le boulot qui vous énerve !

Une lucarne s'est éclairée. J'ai repris mon ascension. Une femme en chemise de nuit descendait l'escalier. Elle s'est réfugiée dans les toilettes, un pot de chambre à la main.

Là-bas, vers Passy, le jour allait se lever sur des chambres d'enfants blonds et des gouvernantes anglaises. Des hommes rasés de frais dégusteraient un café matinal en s'informant des cours du cacao.

J'ai enjambé le fatras qui encombrait le plancher de ma chambre et je me suis jeté sur le lit tout habillé.

V

Le lendemain, Beaupréau s'est manifesté. Sa voix, dans le téléphone, n'annonçait rien de bon. Pète-sec, il le prenait de haut. Je n'avais pas contacté Aude ? Il avait payé, ce n'était pas pour que je me tourne les pouces.

Nous y voilà ! j'ai pensé en griffonnant une tête de mort sur mon buvard, il en veut pour son pognon. C'est ça qui compte. Il avait investi, fallait que ça rapporte. Pour m'en dépêtrer, je lui ai colloqué l'adresse de sa fille. Tout juste s'il a baissé d'un ton. Il me laissait deux jours. Après quoi, l'agence aurait la visite de son homme de loi. Sur ce, il a raccroché.

La loi ! Manquait plus qu'elle. J'ai ajouté une paire de tibias sous ma tête de mort.

— C'est une affaire dont vous avez la charge ?

Au rayon faux jeton, Yvette faisait jamais défaut.

— Si on vous le demande...

— Ce n'est pas exclu !

48

Yvette. Depuis le temps qu'elle grattait pour Bohman elle avait fini par se croire son assistante. Pas tant pour se hausser du col que pour oublier sa vie étriquée. Vingt-cinq piges et déjà fanée, elle ressemblait à un papier peint passé. Elle n'avait rien de vilain pourtant, mais à se persuader qu'elle avait raté le coche, elle avait fini par tout faire pour qu'il ne repasse plus. Fagotée comme l'as de pique, le cheveu tiré au cordeau, des lunettes qui lui dessinaient des yeux de taupe étonnée, on ne lui connaissait pas de copines. Et encore moins d'ami. Aussi accueillante qu'une banquise, elle aurait refroidi un pingouin.

À force de la voir rivée à sa machine, il me venait de drôles d'idées. Des images bizarres. Avec des photos découpées dans le catalogue Manufrance et des revues légères, j'en avais fait un collage. *Femme objet*, je l'avais appelé. Je le trouvais plutôt bath, mais l'heure n'était pas aux rêvasseries. Beaupréau me laissait deux jours. J'en avais donné un à Marcel. À l'heure convenue, je l'ai rejoint à l'Alhambra. Dans la salle de bal déserte, il vérifiait le bar. Il s'est retourné, une cigarette sur l'oreille.

— Ah, c'est vous ? il a marmonné.

— Un pépin ?

— La tuile. Pourtant, c'était bien parti. C'est Ginette...

— Ginette ?

— Une idée à moi. Un peu de cinéma, ça ferait plus vrai, je m'étais dit. Ginette, elle peut rien me refuser depuis que je lui ai dégotté une place en maison...

— OK, OK, j'ai coupé. Et alors ?

— Alors, je l'ai envoyée en éclaireur. Entre femmes, c'est mieux pour ces choses-là. Et puis, je voulais pas de pétard avec Pietro. Bref, Ginette grimpe chez la petite après s'être assurée qu'elle était seulabre. Elle débite son boniment : elle se laisserait pas voler son homme, elle avait toujours été régulière avec lui, et bonne gagneuse, avec ça, là-dessus, il avait pas à se plaindre.

— Ensuite ?

— La môme accuse le coup, et crac ! Elle s'effondre. Ginette, c'est une tendre. Elle la ramasse. L'autre lui sanglote sur l'épaule. Et voilà Ginette tourneboulée. Un vrai cœur d'artichaut. Une pomme oui ! Elle mollit, change le disque. Et de fil en aiguille, Lema devient le chevalier blanc. Celui qui avait voulu la remettre dans le droit chemin. Sûr qu'elle n'était pas une femme pour lui. Et patati et patata... Vous voyez le cinoche ?

— Je crois !

— Ben, c'est pas fini.

— Tant qu'à faire...

50

— Le mieux, là-dedans, c'est que l'autre dinde gobe tout. Et vas-y qu'elle se joue la romance ! Son jules a vécu, il a tiré un trait sur son passé, c'est encore plus beau. Une vraie accro. Pour un peu c'est elle qui consolait Ginette. Remarquez, en préventif, ça lui aurait pas fait de mal vu la danse que je lui ai collée quand elle m'a affranchi.

C'était le moment de redresser la barre.

Depuis qu'elle était en ménage avec Lema, Aude Beaupréau collectionnait les palaces. Elle avait dégotté le dernier près des HBM du boulevard Sérurier. Habitations à bon marché, au départ, l'idée était chouette. Construire des immeubles au loyer pas cher pour les travailleurs, on pouvait qu'être pour. L'ennui c'est qu'ils avaient vite tourné cages à lapins. Avec leurs fenêtres alignées et leurs couleurs cradingues, le bon marché suintait par la moindre lézarde. Après tout, peut-être qu'Aude trouvait le décor exotique. Toute une engeance aux mains blanches se piquait de partager le sort des purotins. Des bonnes sœurs, des dames de charité, des godelureaux qui jetaient leur gourme au populo... Ceux-là, c'étaient les pires. Des révolutionnaires à la mie de pain, la leçon en poche, comme un missel prêt à servir. Qu'est-ce qu'ils y connaissaient aux nuits de gel, à la toux du voisin et à la sirène de l'usine qui gueulait sur l'aube noire ?

Dès que j'ai posé le pied sur le palier, Aude a ouvert la porte.

— Pietro ?

Devant ses traits défait, ma rogne est tombée d'un coup. C'était bien le visage de la photo, mais la fêlure qu'on y devinait s'était élargie au point de lui manger les yeux. Tout rougis et cernés d'ombre violette. Fiévreux aussi.

— Vous êtes un ami de Pietro ? elle a demandé.

Pour elle, c'est sûr, on ne pouvait que l'aimer son Roméo.

— Oui, j'ai répondu pour pas la décevoir.

Elle a reniflé.

— Il n'est pas rentré...

Elle s'est mouchée avec un gentil bruit mouillé, puis elle a refermé son chemisier qui s'entrouvrait.

— Faut pas vous mettre dans des états pareils, j'ai souri. C'est un grand garçon.

Après ça, je ne pouvais plus faire marche arrière. J'ai pensé à Ginette et à son cœur d'artichaut, et j'ai envoyé Beaupréau se faire voir :

— Racontez-moi ce qui ne va pas.

Elle m'a regardé comme elle aurait regardé une planche de salut.

— J'ai si peur qu'il lui soit arrivé quelque chose...

— Pourquoi ?

— Ces temps derniers, il était si préoccupé... Si sombre... Souvent, il ressortait le soir et ne rentrait qu'à l'aube. Il disait qu'il allait chez un ami, pour affaires... Des affaires en pleine nuit... Il prétendait qu'il ne pouvait pas m'expliquer, qu'il le ferait le moment venu, que je comprendrais. Lorsqu'il revenait, il me rapportait des fleurs...

— Des fleurs, la nuit ?

— Oui... tenez.

Sur la cheminée, de grosses marguerites penchaient leurs têtes mordorées.

— Vous savez où il habite cet ami ?

— Non. Et puis il y a eu cette femme... Quand elle s'est présentée... Enfin sur le moment, j'ai cru que c'était ça. Mais non, bien sûr, s'il était parti pour la retrouver, elle ne serait pas venue me demander de le lui rendre. Vous ne croyez pas ?

— Pardi !

Elle m'a offert un jus. Pour oublier son inquiétude, elle s'était mise à parler, j'ai laissé les mots couler.

Elle avait rencontré Lema neuf mois plus tôt, à l'exposition internationale. À Chaillot, tout Paris se pressait devant les pavillons des nations pour s'offrir un petit tour du monde pas cher. Elle venait de visiter le Palais de Tokyo. Une geisha en kimono de soie lui avait offert un thé au goût de gazon frais. Aude avait posé son Kodak. Bousculant le protocole de l'Empire, la femme lui avait fait comprendre qu'elle rêvait d'être photographiée devant la tour Eiffel. Elles s'étaient éclipsées le temps d'un cliché. Le soleil était de la fête. L'ombrelle de papier et la pose un peu trop raide les avaient fait rire. Puis la femme avait voulu « *souvenir avec Parisienne* ». Aude avait hélé un visiteur au hasard de la foule. Un grand garçon nonchalant. « *Un beau sourire mesdemoiselles* » et l'image était dans la boîte.

C'est au pavillon espagnol qu'elle l'avait revu. Elle admirait un tableau gigantesque.

— Hommes, femmes et animaux mêlés agonisaient en regardant le ciel, incrédules. C'était comme un cri.

Guernica. Pietro lui avait expliqué le bombardement de ce village espagnol par la légion allemande Condor. Elle s'était sentie en confiance auprès de ce garçon si différent de ceux qu'elle fréquentait.

En sortant, il lui avait montré le vis-à-vis des pavillons allemand et soviétique : « *Nos frères russes face à l'aigle nazi* ». Nos frères russes ? Elle l'avait observé à la dérobée tandis qu'ils marchaient. Il s'en était aperçu et lui avait souri. Au métro, ils s'étaient quittés sur un premier rendez-vous.

— Vous devez me trouver bête, n'est-ce pas ?

— Plutôt le contraire... Mais votre famille, elle a dû ressentir un choc.

Elle a renversé un peu de café en reposant sa tasse :

— Pourquoi dites-vous cela ?

— Y a pas offense, mais si j'en crois Pietro, votre père et lui ne sont pas précisément du même côté de la barrière...

— Mon père ?

— Oui...

— Mes parents sont morts dans un accident d'automobile, il y a trois ans.

VI

C'est en conduisant son épouse Amélie, née Chauzat, se recueillir sur la tombe de son frère comme il le faisait chaque année à la Toussaint, que Louis Beaupréau, aveuglé par un rayon de soleil tardif, avait raté le virage qui précède le petit village de Chissey. Comme un gros serpent de métal, la Panhard s'était enroulée autour d'un des platanes centenaires qui ombragent la route d'Autun. De l'amas de tôles tordues, les secouristes avaient extrait deux corps sans vie.

Cette disparition tragique laissait à Aude un chagrin immense, un gentil pécule et une entreprise en parfaite santé. Père attentionné, mari irréprochable, Louis Beaupréau était aussi un patron respecté. Il possédait une petite fabrique de compteurs à gaz, la Société des compteurs utilitaires parisiens, qu'il dirigeait avec un soin méticuleux. À sa mort, Aude en avait confié la gestion à son fondé de pouvoir, Amédée Foucart, dévoué depuis trente-cinq ans à la bonne marche de la maison. S'il ne voyait pas d'un bon œil la mésalliance de l'héritière, celui-ci considérait avec sagesse que sa fonction ne s'étendait pas aux affaires de cœur, tant qu'elles ne mettaient pas en péril le patrimoine familial.

Toute la journée, j'avais retourné le problème. Rien n'expliquait pourquoi on m'avait payé si cher pour ce qui ressemblait à une farce de carabin. Sauf si, dans l'histoire que j'avais bonnie à Marcel, se nichait un fond de vrai. Sans rouler sur l'or, Aude était un gentil parti. De quoi aiguiser l'appétit d'un beau gars fauché comme les blés. Dans sa gueule d'ange, Pietro planquait peut-être des canines de carnassier. Du moins, Foucart pouvait le redouter. Les ouvriers avaient déjà décroché la semaine de quarante heures et les congés payés, avec. On parlait de leur filer la retraite des vieux. Si en plus, ils entôlaient les usines… La collectivisation sur l'oreiller, c'était la limite à ne pas franchir.

Il y avait un hic. Pour me raconter ça, Foucart n'avait nul besoin de jouer la pantomime. L'ultimatum expirait à 17 heures, je n'allais pas tarder à être fixé.

Les déductions ça creuse. À midi, je suis descendu casser une graine chez Gopian.

Le restau faisait le plein. Une bande de machinos des studios Gaumont arrosaient la fin d'un tournage. J'ai boulotté mon plat du jour en les écoutant comparer les charmes de Viviane Romance et de Ginette Leclerc. Au café, ils sont tombés d'accord, la plus bath c'était Arletty. Pour fêter ça, ils ont commandé une rincette. Quand je suis parti, ils entonnaient « *J'adore ta bobine Azor* ».

À seize heures, Beaupréau le faux ne s'était pas manifesté. J'avais passé l'après-midi à cogiter, la pipe au bec. Yvette entamait un nouveau mouvement de sa sonate pour Remington.

— Un jour, faudra que vous me disiez ce que vous tapez, du matin au soir.

— Sûrement pas vos rapports, elle a répliqué.

— Vous n'appréciez pas ma façon de travailler, pas vrai ?

— Je ne suis pas chargée de le faire.

— C'est peut-être moi que vous n'encadrez pas.

Elle a haussé les épaules.

À l'heure fixée, le téléphone n'avait pas sonné. J'ai décroché le combiné. Une préposée des postes à l'accent marseillais m'a passé la Société des compteurs utilitaires parisiens. Foucart était absent pour plusieurs jours. Sa secrétaire pouvait-elle prendre un message ? Oui, elle pouvait.

— Dites à votre patron que l'agence Bohman attend son coup de fil. Non. L'objet de mon appel est strictement personnel. Précisez-lui simplement que c'est en rapport avec la mission qu'il nous a confiée.

J'ai appuyé l'index sur la fourche du téléphone et j'ai fait pivoter ma chaise. Les doigts suspendus au-dessus de son clavier, Yvette attendait la suite.

— Fin de la conversation, j'ai fait. Vous pouvez recommencer à chatouiller vos petites touches.

Elle a viré couleur pivoine. J'ai décroché ma pelure du portemanteau et je suis descendu prendre l'air des Buttes-Chaumont.

Au bord du lac, une vieille femme jetait du pain aux canards. Sur un banc, un biffin baratinait une jeune mère à landau. Un gamin croquait une pomme. Ici, au moins, tout était normal.

— Attention, ceci n'est pas une pomme !

J'aurais reconnu cette voix entre mille.

— Breton ! Je vous croyais au Mexique.

— J'en arrive.

— Je ne vous demande pas si le séjour vous a plu...

— Quel pays ! Mon cher, j'ai fait provisions de sensations au-delà de ce que je pouvais espérer. Cela n'a pas toujours été sans peine. Figurez-vous qu'une obscure Association des écrivains pour la défense de la culture avait imaginé de saboter ma visite. Jusqu'à envoyer aux artistes mexicains une circulaire les mettant en garde contre moi.

— Vous ?

— Moi ! Je serais allié à des éléments politiques troubles ! Les staliniens ne craignent pas le ridicule. Heureusement les Rivera n'ont eu cure de ces inepties.

— Vous avez logé chez eux ?

— Quel couple extraordinaire. Et quels peintres ! Diego et Frida m'ont hébergé avec une chaleur toute mexicaine. Une chaleur à laquelle Trotski lui-même ne m'a pas paru insensible.

— Vous l'avez rencontré ?

— Depuis qu'il est en exil à Mexico, il vit chez les Rivera. Pour combien de temps encore ? Même là-bas, Staline ne le laissera pas en paix.

Tout en marchant, Breton a brandi son journal.

— Vous avez vu ? À Moscou, les procès ont repris de plus belle. Dix-huit membres du Parti viennent d'être condamnés à mort. Et *L'Humanité* ose écrire que « *la justice s'abat sur les traîtres et les criminels* ».

On a pris le pont des suicidés. En grimpant au temple de Vesta, j'ai raconté ma petite histoire. Ça l'a ragaillardi.

— Mon vieux, vous êtes le plus surréaliste d'entre nous.

Faut dire qu'il en restait plus beaucoup des

estampillés. La grande tourmente des idées avait secoué l'usine à rêves. Les uns faisaient leurs dévotions à saint Staline, les autres étaient partis dans des voyages intérieurs. Avec le temps on s'était mis à s'engueuler, à s'exclure, à se détester. S'agissait pas de faire dans la dentelle, non plus, la mitrailleuse devait rester en état de grâce. Mais à force de défourailler tous azimuts, il manquait du monde au rendez-vous des amis.

Parvenus en haut de notre colline, on a regardé les ombres s'allonger. Les bancs s'étaient vidés, le silence descendait avec la fraîcheur du soir. Par-delà la cime des arbres, la vue portait jusqu'à Montmartre. Une autre Butte s'y découpait à contre-jour.

— Je viens de mettre sur pied une fédération d'artistes révolutionnaires, a lâché Breton tout à trac. Bien sûr, vous en êtes…

Je l'ai reluqué en loucedé et je me suis demandé s'il ne s'offrait pas un pèlerinage au jardin de sa jeunesse. Là où, jadis, il se faisait enfermer pour rêver aux étoiles. Ce soir, c'est peut-être des fantômes qu'il apercevait à travers les buissons.

— Bien sûr, j'ai répondu sans réfléchir.

Deux jours plus tard, c'est pas des revenants qui cognaient à ma porte. Mais deux représentants de la maison poulardin. La main lourde et la chaussette à clous, ils m'ont cueilli à l'heure légale. Au saut du lit.

— Pietro Lema, tu connais ? m'a entrepris le plus balaise.

— Je ne vois pas.

— Et en regardant mieux ?

Bing ! J'en reçois une bien envoyée.

— Hé ! Vous êtes malades !

Le costaud fronce le nez. Un gros pif tout piqué de petite vérole :

— Ça pue ici, faut aérer.

Et le voilà qui vide mon armoire :

— Elles sont dégueulasse, tes fringues ! Comment tu peux porter ça ?

— Vous croyez qu'elles seront plus propres quand vous aurez marché dessus ?

Re bing !

— C'est sur ta petite gueule qu'on va marcher ! il s'emporte.

Ça tourne vilain. À califourchon sur mon unique chaise, le second la joue sang-froid, serpent sifflant sur l'innocent.

— Tu vas souvent pêcher des infos sur les mecs que tu connais pas ? Tu cherches Lema chez Bornibus, tu cherches Lema à l'Alhambra...

— Je cherche après Titine, Titine oh ma Titine...

Gros Pif se tient plus, il fait son music-hall. L'air désolé, son pote fronce le sourcil :

— Comme tu ne connais pas Lema, tu te pointes chez lui et tu te prétends son copain.

— T'es en manque d'amitié ? Pauvre biche…

Plac ! Gros pif me roule un patin aillé comme un gigot. Je me recule. Faut stopper le tandem avant qu'il ne dérape.

— Vous voyez le mal partout. J'enquête pour un client. Agence Bohman, recherches et surveillance.

Elle est sortie toute seule la bourde. Serpent balance l'estocade :

— Son nom ?

Je me vois pas lui balancer celui d'un mort.

— Désolé, secret professionnel.

— Tellement secret que ton patron n'est pas au courant.

— Hein ?

— On est passé le voir. Après vérification du registre où vous consignez les enquêtes, il est formel : la dernière dont tu avais la charge se rapporte à un mari volage. Celui d'une dame Desmares.

— Tu perds ton temps ! Laisse-le-moi.

Gros Tarin s'impatiente. Quand il n'a pas cogné depuis dix minutes, il est pas bien.

— Bohman était absent, le client m'a chargé de retrouver sa fille…

— Sa fille ? C'est pas ce que dit Marcel...

Le mastard ne pouvait plus se retenir. J'encaisse son trop-plein de rage dans l'estomac. Plié en deux, je suffoque, je n'aspire plus que du vide. J'ai envie de vomir. Il va remettre la sauce mais le grand arrête le round. À genoux sur le plancher, je suis sonné. Si je ne respire pas, je vais partir dans la purée. Je m'accroche. Un, deux, trois, quatre... Je me donne jusqu'à dix. Six, sept, huit, mes poumons se débloquent. Dix ! Je crache tout ce que je peux. Les yeux larmoyants je bredouille :

— Mais qu'est-ce qu'il a fait, Lema, à la fin ?

Le gros esquisse un geste menaçant. L'autre le retient :

— Un truc con. Il a avalé son bulletin de naissance.

VII

Je suis sorti de leurs pattes quarante-huit heures plus tard. Le temps d'une garde à vue. Avec la chaise bancale et les flics en manches de chemise. Celui qui pose les questions, l'haleine lourde, et dont on ne distingue pas le visage quand la lampe qu'il vous braque sur la tronche vous brûle les yeux. Celui qui tape sur sa machine, avec deux doigts, et qui se goure. « *J'ai plus qu'à déchirer le rapport... Allez, on recommence ! Tu peux pas articuler, toi ? Tu crois qu'on a que ça à foutre ?* » Le sergent de ville en uniforme qui monte les casse-croûte, le front luisant sous son kébour. « *Eh ben, Raymond, on avait dit trois sandwiches. Il est où celui du prévenu ? Laisse tomber. De toute façon, Monsieur n'a pas faim. Depuis des plombes il refuse de se mettre à table.* »

Et la séance de groupe quand ils envoient les questions en rafale, avec les postillons. Les beignes aussi, dans la bande y a toujours l'énervé de service. Puis, l'odeur de poireau des corps pas lavés, le jour qu'on ne voit pas, et, par là-dessus, comme une couverture sale, le sommeil interdit.

Quarante-huit heures. Au cadran, ça en fait des tours d'aiguille. De quoi le rembobiner à n'en plus finir, le fil qui vous a conduit là. Avec les conneries accrochées comme des perles : la salade du faux client avalée sans chiquer, les craques qui s'emmêlent, mon adresse donnée à Aude.

Aude. Il avait fallu qu'elle prévienne les bourres ! Le lendemain de ma visite. Elle avait reçu celle d'un ami de Pietro. Un authentique. Il avait rencard avec lui et s'étonnait du lapin. Flairant le malheur, elle avait alerté le commissaire du secteur. Ça tombait pile, le matin même il avait hérité d'un cadavre. Un corps sans tête, et sans identité, que des mariniers avaient repêché dans le canal de l'Ourcq. Il avait aussitôt mis son duo de choc sur le coup. Les deux zouaves avaient abouti aux mêmes pistes que les miennes. J'y avais laissé suffisamment de traces pour qu'ils les suivent jusqu'à moi, leur petite idée de plus en plus précise. Sans le témoignage spontané d'Yvette, j'étais en route pour l'erreur judiciaire.

Yvette l'oreille collée à la cloison quand je me croyais seul à l'agence. « *Vous êtes déjà ren-*

trée ? — Oui, je n'avais pas très faim. » Je devais ma liberté à sa manie d'écouter aux portes.

Je gambergeais tout ça dans l'aube grise. Transi sous l'étoffe trop mince de mon costard. Déjà bien beau que les flics ne m'aient pas embarqué en pyjama.

Les troquets matinaux ouvraient leur porte. Des cyclistes pédalaient vers le turbin, la musette en bandoulière. En haut de la rue des Dunes, une file humaine s'étirait devant un camion bâché. Sur la ridelle, on avait installé des marmites fumantes. À grands coups de louche, trois femmes emmitouflées y remplissaient les gamelles que leur tendaient des silhouettes grelottantes. Près du bahut, des hommes sanglés dans leur canadienne de cuir distribuaient des rations de pain. Une pancarte indiquait que la soupe était offerte aux chômeurs par le Parti populaire français. L'organisation fondée par Jacques Doriot, l'ancien maire de Saint-Denis, à l'image des mouvements fascistes italien et allemand.

J'ai changé de trottoir.

— T'as pas faim mon gars ? m'a crié un grand corniaud à brassard. La dèche, on sait ce que sait, va. Tiens prends du pain.

— Je mange pas de celui-là, j'ai marmonné en m'éloignant.

J'avais besoin d'y voir clair, besoin de m'expliquer, mais avant tout, besoin d'un bain. Je suis entré aux douches de la rue Rampal. Un joufflu à face d'eunuque m'a remis une serviette et un carré de savon. Les clients, c'était plutôt le soir qu'ils venaient se récurer la couenne, après avoir bien sué des jours durant aux ateliers. Tandis que là, au point du jour, ça se bousculait pas au portillon. L'odeur du propre, je l'avais pour moi. J'ai ouvert le robinet d'eau chaude et je me suis frotté pour effacer les remugles de salle de garde qui me collaient à la peau. La vapeur, la senteur d'amande du savon, il ne manquait qu'un gentil massage. Mais ici, polop ! Maison sérieuse. Pas comme celle du boulevard de la Villette où une thune de plus vous ouvrait la main d'une employée serviable.

Quand je suis ressorti, je me sentais mieux. J'ai croisé le chevrier qui descendait des Lilas balader ses biquettes. Je me suis offert une pinte de lait tiède. Pendant que je le buvais, une noiraude, toute curieuse, s'est frotté les cornes à mes jambes en me donnant des petits coups de tête d'amitié.

— C'est des braves bêtes, j'ai dit.

J'ai flatté les flancs de la cabrette. Un nuage de poussière s'est envolé de ses poils.

— Oui, des braves bêtes, a répondu le chevrier.

Je lui ai rendu son gobelet. On n'avait plus rien à se raconter, mais ça nous empêchait pas d'être contents. Je les ai regardés s'éloigner. Les chèvres, avec leurs mamelles qui se balançaient, et l'homme, derrière, son outre à l'épaule.

Après deux jours sans bouffer, le lait n'avait pas calmé ma fringale. Je suis entré chez Gopian. Il astiquait son percolateur au rythme d'une leçon de gymnastique radio. Dans le poste qui trônait derrière le comptoir, un speaker donnait les conseils indispensables à l'entretien des muscles abdominaux. *« Cet exercice conservera à nos chères auditrices un ventre délicieusement plat. Quant à vous, messieurs, il vous permettra de garder une forme olympique. Et un, et deux et trois, inspirez ! Et quatre et cinq et six, expirez ! »* Devant son perco, Gopian suivait la cadence en ahanant comme un soufflet de forge.

— Tu le bichonnes pour une expo, ton bouzin, ou il fait toujours du café ?

Il s'est arrêté.

— Tiens, le roi des détectives est tombé du lit.

J'ai chopé un œuf dur dans le présentoir et je me suis attablé.

— Sers-moi un jus, un casse-dalle et un muscadet pour faire glisser.

— Oh, oh ! il a fait avec un clin d'œil entendu, t'as brûlé des calories, cette nuit ?

— M'en parle pas, une vraie fête à la volaille.

Un numéro de *Paris-Soir* traînait sur la table. Le journal relatait la découverte du « *mort sans tête* ». À grand renfort de détails, le marinier qui avait harponné les restes de Pietro Lema racontait sa pêche macabre. La façon dont le reporter asticotait la curiosité du lecteur annonçait de prochains épisodes. Il n'y avait pas encore de quoi concurrencer Eugène Weidmann. Le jeune Allemand, amateur de Goethe, qui avait froidement occis cinq personnes dans la banlieue parisienne continuait de fasciner l'opinion. On ne comptait plus les lettres enflammées et les demandes en mariage qu'il recevait chaque jour à la prison de Versailles.

Dans la bonne odeur du pain frais et du café qui passe, Gopian préparait mon en-cas. À la radio, le présentateur gymnique avait cédé la place à un programme musical. La voix d'Édith Piaf a secoué la T.S.F. : « *Moi Hitler, j'l'ai dans l'blair, et j'peux pas l'renifler.* »

Rigolard, Gopian a monté le son :

— Celle-là, je l'adore.

Il m'a apporté mon petit dej', en chantant avec la môme Piaf :

— *Hitler, j'y balanç'rais ma godasse dans l'fouign'dé, si t'es nazi, va t'faire piquoûzer !*

Gopian était aux anges :

— Édith, elle est chouette, hein ?

— Elle a une voix à troubler l'ordre public, a dit Sacha Guitry.

— Bien vu ! Et puis, elle est de Belleville, elle aussi, ça gâte rien.

Il avait sorti ça plus fier que si Édith Giovanna Gassion, dite Piaf, née dans la rue d'un père français et d'une mère italo-kabyle, était originaire de son Arménie. Gopian avait la patrie du cœur, celle que le mélange embellit.

J'ai mordu à pleines dents dans mon sandwich aux rillettes.

VIII

À l'agence, Bohman n'avait pas tué le veau gras pour mon retour. C'était pas à lui qu'il fallait apprendre à faire des grimaces. Les embrouilles, il en avait tant monté dans sa jeunesse qu'il les connaissait toutes. C'est peut-être pour ça qu'il ne m'a pas viré illico. Mais que j'aie voulu le faire marron, il la trouvait quand même saumâtre. Il a rajusté son monocle. Un geste qu'il avait piqué à Jules Berry, au ciné. Au début, il s'en servait pour impressionner les visiteurs. À force, c'était devenu un tic.

— Mon jeune ami, chez moi, le travail à la perruque n'a pas droit de cité. Si vous voulez vous établir, je ne vous retiens pas. Je peux même vous ouvrir la porte. Jusqu'à preuve du contraire, la clientèle, ici, c'est celle de l'agence Bohman. Et Octave Bohman c'est moi. Il y a encore des patrons dans ce pays !

J'ai mis profil bas.

— J'ai agi à la légère. Mais penser que j'ai

tenté de vous estamper, vous qui m'avez tout appris dans ce boulot... Là, vous y allez fort. Regardez au coffre, vous y trouverez l'argent.

À l'idée qu'il pouvait récupérer la mise, son œil s'est allumé comme ceux des maquignons quand ils vous vendent une carne pour un pur-sang.

— Vous voyez, j'ai insisté en ouvrant la tire-lire, tout est là.

Pour sûr qu'il voyait.

— Tout ? Vraiment ?

— Comptez vous-même. Premier versement pour une recherche de disparu...

Il a baladé son index sur les billets à la vitesse d'un caissier survitaminé. Un petit morceau de papier collé entre deux talbins a glissé sur le tapis.

— Il n'en manque pas, j'ai dit quand il a eu fini.

Le sourcil dubitatif, il a recalé son monocle. J'ai poursuivi.

— Vous étiez sorti. Le type voulait que je ramène sa fille partie avec son soupirant. Un boulot vraiment pas compliqué. J'ai pris l'affaire, je n'ai pas rempli le registre tout de suite, après, je n'y ai plus pensé.

— Pas compliqué ? il a relevé. Ces messieurs de la police n'avaient pas l'air de cet avis. Res-saisissez-vous ! L'agence Bohman est une maison sérieuse. Eu égard à vos états de service, je ne vous renvoie pas, mais cette affaire est désormais entre les mains des autorités. Vous reprenez le dossier Desmares et vous m'établissez un rapport détaillé immédiatement.

Quand j'ai quitté son bureau, Yvette martyrisait son clavier.

— Vous en avez assez entendu ou je vous résume ? j'ai demandé.

Ses yeux se sont embués. Je me suis radouci.

— D'accord. Je vous dois une fière chandelle. Sans vous je serais toujours entre les pattes des flics. Je vous remercie. Ça vous va ?

Elle s'est mise à renifler. Je lui ai tendu mon mouchoir.

— Tenez, je m'en suis à peine servi.

Elle a ouvert la bouche comme si elle voulait dire quelque chose, puis elle a changé d'idée. Elle s'est levée d'un bond et elle est sortie en claquant la porte. J'y étais pour rien, moi, si elle avait ses nerfs. Pour l'heure, j'avais d'autres chats à fouetter. Dans ma main, je serrais le petit morceau de papier tombé du paquet de billets. Trois fois rien, le bas d'une page malencontreusement déchirée. On y déchiffrait un numéro, le trente-huit, et un seul mot : « *rose* ». Inutile de chercher dans un traité d'horticulture. Je me suis reporté au *Guide rose*, le très officiel « *annuaire indicateur des Maisons et salons de so-*

ciété, *Maisons de massage et de rendez-vous de Paris, province et colonies* ». Sur la couverture, un séraphin aux courbes féminines faisait mentir l'adage selon lequel les anges n'ont pas de sexe. Avec la rigueur d'un indicateur ferroviaire, le bouquin, « *interdit à la vente et à l'exposition publique* », répertoriait les claques de France et de Navarre. Il y en avait pour tous les goûts et pour toutes les bourses. Entre deux adresses, une réclame recommandait l'usage du Costaud, un plumard indéformable et garanti quinze ans. « *Patrons, soyez modernes* », conseillait l'annonce aux bordeliers.

La page trente-huit vantait les charmes du *Chat huant*, une taule de la rue de Paradis. « *L'envers vaut l'endroit* », précisait le guide. Avant d'aller vérifier, j'ai appelé Foucart. Oui, j'avais déjà téléphoné, quelques jours auparavant. Non, M. Foucart n'était pas rentré. Je pouvais être tranquille, il aurait mon message dès son retour.

À la nuit tombée, je frappais à la porte du *Chat huant*. Sans se prétendre un quatre-étoiles, le lieu n'en était pas moins un bousbir de bonne facture. Au salon, les demoiselles avec ou sans tenue attendaient le chaland. Ça sentait le parfum lourd, le tabac blond et la fleur trop sucrée. Côté bouquets, on n'avait pas lésiné. À croire que la maison avait des accointances avec un grossiste. Une vraie serre. Avec la chaleur pour épanouir le tout et vous étourdir à petit feu.

Le long des murs aux tentures fauves, des miroirs dorés renvoyaient la lueur de calbombes tamisées. Sous le contre-jour d'une boule tango, un duo de musiciens jouait, en sourdine, une valse musette. La maîtresse des lieux m'a présenté ses pensionnaires. J'ai opté pour Gina, une brune au peignoir de satin grand ouvert sur des seins accueillants. On s'est assis dans un coin et elle a commandé une bouteille. Elle avait l'air de s'amuser autant qu'à un guichet des impôts. Sur la piste de danse deux de ses copines, vêtues de leurs seuls talons hauts, chaloupaient, enlacées. Dans une alcôve, un pékin écarlate plongeait la main sous la jupette d'une collégienne replète qui avait dû passer sa vie à tripler ses classes. Elle gloussait, la tête ailleurs, tandis que le type s'énervait à plus y tenir. Quand il a été bien mûr, ils sont montés.

L'orchestre a fait une pause. Je m'apprêtais à y aller de mon baratin quand, sous son cupidon de plâtre, un miroir m'a renvoyé un sourire assorti aux dorures.

— Milou !

— Je veux pas déranger, il s'est excusé. Avec Ginette, tu es dans de bonnes mains.

— Ginette ?

J'ai détaillé la fille. Sa pommette gauche portait l'ombre bleue d'une ecchymose. Ginette...
« *Après la danse que je lui ai collée* », avait dit Marcel.

Milou a interrompu mes cogitations :

— Tu as les mêmes goûts que ton ami.

— Quel ami ?

— Celui qui est venu à ton secours, l'autre soir. Il était ici hier.

— Tu l'as reconnu ? Je croyais que tu l'avais à peine entrevu.

— Ça m'est revenu devant son visage. Il est bizarre, pas vrai ?

— Bizarre ?

— Pas de cheveux, pas de sourcils, la peau lisse comme un œuf...

Un œuf, la dernière fois que j'en avais rencontré un hors de son coquetier c'était sous les fenêtres de l'agence. Il attendait le faux Beaupréau au volant d'une Traction.

— Dis, Milou, au prochain morceau, tu peux jouer ma chanson ?

Ginette avait la voix traînante de celles qui se foutent de tout. La cigarette aux lèvres, elle ne faisait aucun effort pour plaire. Elle n'avait pas trente piges mais son ventre s'avachissait déjà, comme un qui en a trop supporté.

— C'est avec toi qu'il est monté ? j'ai demandé.

— Qui ça, chéri ?

— Mon copain, un grand chauve.

— Boris ?

— Tu connais son nom ?

— Non. Et je m'en fous. Je l'appelle Boris parce que ça fait russe. J'en ai déjà eu des Russes, moi. Et des nobles encore. Je suis demandée, tu sais ? Boris, p'têt qu'il est de la Garenne-Bezons. Mais il lui manque que la moustache pour ressembler à un Ruskoff. Remarque, ses bacchantes, d'ici qu'elles poussent, la maison sera transformée en couvent. Il a pas un poil. La peau lisse comme…

— Un œuf, je sais. Il vient souvent ?

— De temps en temps.

J'ai griffonné le téléphone de l'agence sur un bifton que j'ai glissé dans sa main.

— J'aimerais lui faire une surprise, à Boris. Quand il reviendra, appelle-moi. Et surtout, lui dis pas que je suis passé.

Elle n'a pas répondu. Milou était reparti gratter sa guitare. L'accordéoniste a étiré son palpitant. Les yeux mi-clos, Ginette a fredonné :

— Où sont tous mes amants ? Tous ceux qui m'aimaient tant, jadis quand j'étais belle, où sont les infidèles ?

Elle ne m'a pas vu partir.

— Quelque chose ne va pas avec Gina ? m'a demandé la sous-maîtresse en me rattrapant.

J'ai allongé le tarif d'une passe majoré du champagne. Elle s'est fendue d'un sourire commercial.

— Au contraire, c'était très bien, j'ai dit en clignant de l'œil. Je suis un cérébral.

C'est en reprenant mon pardess que je l'ai vue. Elle descendait l'escalier entièrement nue sous ses voiles noirs. Derrière elle, un micheton à panse de notaire se reboutonnait, ravi. J'ai regardé la sous-maxé.

— La Veuve, elle a chuchoté d'un air entendu. Une spécialité de la maison. Si monsieur est cérébral…

La Vénus en deuil a frôlé un vase plein de fleurs mordorées. Il a oscillé dangereusement sur son guéridon et il s'est renversé. Les marguerites se sont répandues sur le sol. Aux pieds de la dame en noir, on aurait dit une gerbe de deuil. Et soudain ça m'est revenu. Les fleurs ! Elles poussaient sous tous mes pas. Des espèces vénéneuses. Celles de la Veuve en tenue d'Ève, celle de la fausse morte de Corback, celles que ramenait Pietro au milieu de la nuit… *« Il se rendait chez un ami, pour affaires »*, avait dit Aude. Je le voyais d'ici, l'ami. Le roi de la reprise individuelle. Il avait pas dételé. Jusqu'aux couronnes mortuaires, il pillait. Chapeau, Corbeau !

IX

Les quartiers de Paris ont leur odeur. La rue d'Aubervilliers, elle, respirait la mort. Depuis les pompes funèbres qui y avaient élu domicile jusqu'aux abattoirs de la Villette, en passant par les gazomètres rue de l'Évangile. Un coin tout ce qu'il y a de pourri avec le silence des cimetières d'un côté, et de l'autre, le hurlement des trains quand ils franchissaient le passage à niveau.

Rue Curial, une affiche annonçait une vente de cercueils et d'accessoires funèbres *« à l'état neuf »*. Elle ne précisait pas s'ils avaient déjà servi. Corback nichait à deux pas. Au dernier étage d'un immeuble de guingois dont la cour servait de débarras.

La loupiote de l'escalier ne fonctionnait pas. J'ai trouvé sa porte à tâtons. Il m'a semblé qu'à l'intérieur quelqu'un écoutait. Je me suis annoncé. Corbeau a entrebâillé la lourde. Il a jeté un coup d'œil méfiant dans le couloir et il s'est décidé à m'ouvrir.

— Quel bon vent ? il a fait.

Aussi bien, il aurait pu dire le contraire. Il avait l'air de tout, sauf d'un gars ravi de me voir. Il restait dans l'encadrement de la porte comme s'il cherchait un prétexte pour me congédier. Lucia ne lui en a pas laissé le temps.

— Fais entrer ton ami, elle a lancé de la salle à manger.

Assise, en combinaison, elle était occupée à se vernir les ongles des orteils, un pied sur le bord de la table. Corback s'est exécuté de mauvaise grâce :

— Puisque t'es là…

Je l'ai suivi dans la pièce en désordre. Il a poussé les restes du dîner qui encombraient la table. Dans le mouvement, son gilet a découvert la crosse d'un pétard.

— Sers-nous un petit Cinzano, a suggéré Lucia en se coinçant un bout de coton entre deux orteils.

Corbeau a trouvé qu'elle en rajoutait dans l'hospitalité.

— T'as pas bientôt fini de me dire ce que je dois faire ? il s'est emporté.

Lucia a levé le nez. Une bretelle de sa combinaison en a profité pour glisser le long de son épaule. Elle n'a rien fait pour la retenir quand elle s'est penchée pour attraper son flacon de rouge.

— Ça vous embêterait de me le passer ? elle m'a demandé avec un regard à allumer les réverbères.

Corbeau a rempli trois verres.

— T'es pas bavard, j'ai remarqué tandis qu'il reposait la boutanche. Si je craignais pas de faire de l'esprit facile, je dirais que tu tires une gueule à caler les corbillards.

— C'est bien vrai, a soupiré Lucia. Il devient invivable. Une vraie pelote d'épingles !

Excédé, Corbeau a tapé du poing sur la table. Le flacon de vernis a valdingué, renversant un liquide vermillon. On aurait dit du sang. La môme, ça l'a foutue en rogne.

— Voilà ! T'es content ! Je sais vraiment pas pourquoi je reste avec toi. Tu ressembles à un oursin. Pire ! T'es comme ta planche à clous. C'est pas compliqué, quand je m'allonge, j'ai peur de me piquer.

Il s'est levé. J'ai cru qu'il allait lui administrer un calmant, mais il ne l'écoutait plus. Il s'est approché de la fenêtre :

— Vous n'avez pas entendu une bagnole s'arrêter ?

Il a inspecté la rue à travers les persiennes.

— C'est la mort de Lema qui te fout les nerfs en pelote ? j'ai demandé.

Un coup de fouet n'aurait pas produit plus d'effet. Il s'est retourné d'un bond, le soufflant en pogne. J'ai laissé les miennes en évidence sur la table.

— Calme-toi. Tu vas pas braquer un ami.

— Les amis, j'en ai tant vu qui se sont retournés comme des crêpes.

— Il reste les vrais.

D'un revers de manche, il a essuyé la sueur qui perlait à son front. Un mec qui s'apprête à tirer s'éponge pas, j'ai pensé. Lentement, j'ai décollé les mains de la table. Puis j'ai servi une nouvelle tournée d'antigel et j'ai levé mon godet :

— À l'indépendance du monde ?

Il a posé son flingue et il a séché son verre.

Des verres, Corback en a vidé plusieurs. Et son sac aussi. Une fois schlass, le moral lui est revenu. Avec un coup de sirop, il pouvait braver la terre entière. Dans le guêpier où il s'était mis, c'était peut-être pas nécessaire.

Comme Aude, il avait connu Pietro Lema sur fond d'Espagne. De l'autre côté des Pyrénées, les choses tournaient mal. Faute de soutien, rongé par ses divisions, le front républicain était enfoncé. Et comme si Franco ne suffisait pas, Staline avait décidé de faire le ménage. Anarchistes, trotskistes et tutti quantistes étaient des ennemis de classe. Les armes russes ne serviraient qu'aux communistes, libre à eux d'envoyer des balles se perdre ici ou là. Le plomb, lui, était pour tout le monde.[1]

Dans ce que l'Europe comptait encore de pays libres, les réseaux s'activaient. Les partisans du drapeau noir n'étaient pas les derniers. Les anars de la CNT* tenaient encore la Catalogne. C'en était un vrai miracle. Une escopette pour deux, des munitions ramassées sur les cadavres, des grenades qui leur pétaient au visage, ils s'accrochaient. À Paris, Londres ou Bruxelles, on collectait à tout va. De l'argent, des médicaments, mais surtout des armes. Question urgence, s'agissait pas d'y aller de main morte. Corbeau et quelques autres avaient ressorti la pince-monseigneur. Par les nuits sans lune, on entendait de nouveau chanter le rossignol. Jusque-là, ils s'en étaient tenus au stade de la petite entreprise. Des artisans, presque. Mais, il y avait un mois de ça, Lema était venu leur proposer de franchir le cap. Sur un plateau, il leur avait servi un coup fumant, un de ceux qui finissent toujours par vous cramer les pattes. S'emparer d'un dépôt militaire.

— C'est quoi, cette plaisanterie ? j'ai demandé, incrédule.

— Plaisanterie ? a articulé Corback, à moitié dans le potage. C'est sérieux. Oui. Très sérieux,

1. *Voir les notes en fin d'ouvrage p. 291-293.*

même. On peut rigoler de beaucoup de choses. Mais pas avec l'Espagne !

— On casse pas un dépôt militaire comme ça.

— C'est une affairfait…

— Une quoi ?

— Une affaire faite !

— Vous avez taxé une caserne ?

— Non ! Les armes, elles étaient déjà dehors. Elles attendaient que nous… Pfft ! Corbeau le Swami les a fait disparaître.

Il s'est levé en brandissant son rigolo :

— Qu'ils viennent les reprendre ! Ils trouveront à qui parler !

Il oscillait dangereusement. Lucia m'a regardé, bouche bée. Elle avait beau être un peu poivre, elle aussi, sa stupeur ne devait rien à la bibine.

À nous deux, on l'a dessoûlé, en faisant gaffe au pétard qu'il refusait de lâcher. Tout y est passé, la flotte glacée, les bouffées d'air frais et le café salé. Quand il a eu été au refile, il se sentait mieux. On l'a enveloppé dans un peignoir et on l'a installé dans un fauteuil. Pendant les opérations de sauvetage, Lucia n'avait pas cessé de me coller. Une vraie ventouse. Quand c'étaient pas ses bras nus qu'elle me passait sous le nez, c'étaient ses seins qu'elle pressait, bien lourds, contre mon dos. À chaque fois qu'on s'emmêlait un peu trop, elle s'excusait de façon appuyée. Juste pour me faire entrer dans la peau ce à quoi elle pensait. Moi, de la savoir gamberger si fort, ça me laissait pas insensible. Mais quoi, le moment n'était pas le mieux choisi.

Au bout d'une plombe, si on n'y regardait pas de trop près, le croque-mort était en état de marche. Du coup, les choses lui apparaissaient sous un autre angle. Ses envolées lyriques dissipées avec les brumes de la cuite, il se voyait plus trop en héros des ramblas. Le noir l'a repris sans prévenir.

— Je vais pas faire de vieux os, il a annoncé en connaisseur.

Il a contemplé le jour qui se levait sur Paris. Dehors, les premiers camions filaient vers les abattoirs, emportant leur cargaison de pauvres bêtes. Le voir dans cet état, Lucia, ça l'a attendrie.

— Tu sais bien que je suis là, elle a dit comme si ça pouvait y changer quelque chose.

Corbeau en était tout remué.

— Qu'est-ce que je ferais sans toi ma poule, il a souri.

Elle a passé un châle sur ses épaules. C'était comme un rideau tiré.

— Si tu me racontais, maintenant, j'ai proposé en refermant la fenêtre.

— Les armes, on les a piquées à la Cagoule.

Corbeau avait fini par cracher le morceau.

Devant son énormité, je ne savais pas si je devais me marrer ou compter nos abattis.

La Cagoule. Sous son vrai nom, Comité secret d'action révolutionnaire, elle regroupait la plus dangereuse confrérie d'excités qu'ait connue le pays. Un seul but : abattre la République. Lui substituer un régime à jugulaire et pectoraux d'acier, pareil à ceux qui sévissaient en Italie ou en Allemagne. Elle avait drainé tout un marigot de financiers, de hauts fonctionnaires et de soldats. Des officiers avaient rallié le mouvement avec bagages et armes. Des stocks entiers. Tout était prêt pour le grand soir, les lieux stratégiques étaient désignés, on les envahirait par les égouts, au passage on prendrait quelques parlementaires en otages. Léon Blum, Vincent Auriol et Jean Zay figuraient sur la liste.

Au dernier moment, les militaires s'étaient dégonflés. Le 15 novembre 1937, le complot était éventé, mais les cagoulards, envolés ! Ni vu, ni connu, ils étaient retournés à leurs affaires, leurs ministères et leurs casernes. Des mois après, on retrouvait toujours des arsenaux clandestins.

C'est un de ceux-là que Corback et ses potes avaient dévalisé.

— C'est Lema qui vous a mis dans la combine ?

— Je te l'ai dit.

— Tu le connaissais d'où ?

— Des compagnons du comité pour l'Espagne libre me l'avaient présenté. Emilio, celui de *Giustizia e libertà*, c'est lui qui me l'a amené un soir. Lema avait besoin de quelqu'un qui savait manier le pied-de-biche.

— Et Lema, qui l'avait mis sur la piste de la planque ?

— Tu te souviens, il y a deux mois ? Le 27 janvier, le jour où on a démonté l'expo internationale. L'explosion, à Villejuif…

— Les grenades ?

— Oui, les trois mille, parties en fumée au labo d'essai des explosifs… Quinze morts. Des bidasses qui les transbahutaient, des mecs qui bossaient là…

— Je sais, les canards en ont assez parlé. Quel rapport ?

— La quincaillerie venait d'une cache de la Cagoule retrouvée une semaine plus tôt. L'armée rapatriait son bien. Le labo a été soufflé. Sauf le hangar où on avait entreposé les fusils.

— Et ? j'ai demandé, devinant la réponse.

— Ils n'y sont plus.

— Mais personne n'en a parlé !

— Personne n'avait intérêt, il a gémi. Tu imagines les militaires claironner qu'on leur avait chouravé les six cents flingots qu'ils venaient à peine de retrouver ?

— Six cents ?

— Avec les munitions.

— Partis pour l'Espagne ?

— Un premier chargement, pour s'assurer que la filière était étanche. Le reste est toujours en lieu sûr. Enfin, pour l'instant. Parce que le secret, il a pas été gardé pour tout le monde.

— Je me disais, aussi.

— Les cagoulards, avec leurs grandes oreilles...

Corbeau s'est interrompu pour me reluquer avec des yeux de cocker :

— Comment tu le connais, Pietro ?

Je lui ai raconté le faux Beaupréau, l'enquête, les flics... Il en était certain :

— C'est eux. On est cuits.

Ce « on », ça me plaisait moyen. J'ai préféré penser qu'il voyait des cagoulards partout, comme d'autres des éléphants roses.

X

À l'agence, une nouvelle m'attendait.

— La secrétaire de M. Foucart a téléphoné. Vous pouvez le rappeler à ce numéro, jusqu'à midi.

Raide comme la justice, Yvette a arraché une feuille de son bloc. J'ai avancé la main, elle a retiré la sienne avec un sourire faux derche :

— Vous avez rédigé votre rapport pour M. Bohman ?

— Vous êtes gentille de vous biler pour moi. On peut pas s'empêcher de vous adorer.

J'ai attrapé le papelard et j'ai filé au bigophone. Au bout du fil, une voix féminine m'a accueilli, nasillarde. Pouvais-je préciser la raison sociale de notre agence ?

— Agence Bohman, enquêtes, recherches et surveillance.

Généralement, ce refrain provoquait un silence embarrassé. Une série de cliquetis a résonné dans le combiné et une voix masculine a pris le relais, tout aussi nasillarde.

— Amédée Foucart à l'appareil.

— Vous n'avez pas oublié notre contrat ? j'ai demandé, au flan.

— Pardon ?

— Notre maison a pour règle d'observer une discrétion absolue sur ses clients. Il n'était pas nécessaire de vous encombrer d'une fausse identité…

Je me suis concentré sur le timbre de sa voix pendant que Foucart répondait :

— Je suis navré, monsieur, il s'agit manifestement d'une erreur.

Saleté de téléphone ! Rien dans le son déformé qui en sortait ne me rappelait quoi que ce soit. J'ai insisté.

— J'ai contacté Aude, comme convenu.

Un ange est passé.

— Je ne comprends rien à vos propos, Monsieur… Monsieur ?

S'il était sincère, il devait vraiment se creuser les méninges. J'ai fait une dernière tentative :

— Pietro Lema ne devrait plus la détourner du droit chemin…

Nouveau silence.

— Qui êtes-vous ?

Il paraissait ne pas le savoir.

— Allô ! il s'est inquiété. Que voulez-vous ?

— Écoutez, Monsieur, nous devrions peut-être convenir d'un rendez-vous.

Quand j'ai raccroché, j'en avais un dans l'après-midi. Ça me laissait le temps de me rafraîchir la mémoire. Je me suis plongé dans la collection de journaux de l'agence. Délaissant provisoirement l'affaire Weidmann, les éditions du 28 janvier relataient l'explosion de Villejuif. Aux trois mille grenades, s'étaient ajoutés cinquante kilos de mélinite. Le feu d'artifice avait dispersé le labo municipal sur quatre cents mètres. L'affaire relançait l'intérêt de la presse pour la Cagoule. D'autant que deux de ses membres, meurtriers présumés des frères Rosselli*, antifascistes italiens abattus à Bagnoles-de-l'Orne, venaient d'être arrêtés à Paris. *Giustizia e libertà*, le mouvement des Rosselli était une aubaine pour les pisse-copie. Avec son blase tout droit sorti d'un épisode de Pardaillan, il sentait la cape, l'épée et le complot. Plusieurs journaux s'étonnaient quand même que soixante-dix cagoulards, interpellés quelques mois auparavant, aient été relâchés sans autre forme de procès. Un journaliste plus fouineur que les autres rappelait les propos de Marx Dormoy, ministre de l'Intérieur alors en place : « *Les documents saisis établissent que les coupables s'étaient assigné pour but de substituer, à la forme républicaine que notre pays s'est librement donnée, un* *régime de dictature devant précéder la restauration de la monarchie. »*

Sacré dingo de Corbeau. Il s'était vraiment foutu dans la gueule du loup. En espérant quoi ? Faire disparaître six cents escopettes d'un coup de turban ? Pauvre petit croque-mort, avec ses combines foireuses, ses tours de passe-passe et ses rêves mités. Pour m'embarquer avec des mecs comme lui, fallait vraiment que je l'aie collée aux semelles, la guigne. Une vraie confiture. À croire que j'aimais ça. Je ne demandais pourtant qu'à virer honnête, moi. Et définitif, encore. J'avais tout fait pour. Jusqu'à jeter ma jeunesse aux orties comme une vieille nippe. Voilà qu'elle me rattrapait.

— Vous avez terminé votre rapport ?

Elle n'était pas la seule à me cavaler après, ma jeunesse. Yvette avait mis le braquet. Quand il s'agissait de vous courir sur le haricot, c'était une vraie sprinteuse.

Je l'ai laissée finir en solitaire et je suis descendu. Sur les pelouses des Buttes-Chaumont, un vieux beau trottinait, guêtres aux pieds, canne en main. Ravi d'avoir passé l'hiver, il sortait aux premiers rayons du soleil comme un escargot après la pluie. Heureux de se chauffer la coquille. Je l'aurais bien imité, mais le soleil n'était pas pour moi. Foucart m'attendait, je ne l'ai pas fait languir.

J'aurais pu. Avec sa bobine de rond-de-cuir séché sur pied, il ressemblait autant à mon client qu'un chien à un évêque. Des cheveux aux chaussures, il était gris de partout. Un camaïeu couleur poussière. Jusqu'à son costard qu'il avait choisi anthracite, peut-être pour se donner le genre passe-muraille. J'ai pris garde à ne pas l'effriter en lui serrant la main et il m'a invité à m'asseoir.

— Je dois vous dire, Monsieur, que votre coup de fil m'a passablement surpris. Je n'ai pas compris un mot de vos propos. C'est seulement parce qu'ils concernaient Aude Beaupréau, et pour éclaircir une situation qui m'a, je l'avoue, intrigué, que j'ai accepté de vous recevoir.

Avec ou sans téléphone, sa voix était la même. Il nasillait naturellement. Je l'ai mis au parfum sans m'étendre plus qu'il ne fallait. Quand j'ai eu terminé, il paraissait encore plus gris.

— Monsieur, je saisis mieux le sens de votre démarche. Vous avez été victime d'une odieuse supercherie dont je ne m'explique pas les raisons. Croyez que si cette sinistre mascarade vous a causé le moindre tort, j'aurai à cœur de réparer. En mémoire de notre regretté Louis Beaupréau.

À regret, j'ai décliné la proposition et j'ai embrayé sur le même registre.

— Laissons cela. J'espère avant tout que

Mlle Beaupréau n'aura pas à pâtir des agissements de cet individu.

— Mon Dieu, croyez-vous que…

— Hélas, elle est en droit de tout redouter. Cette macabre mise en scène a été contrariée. Mais son auteur n'en restera pas là.

— Pourquoi ? Pourquoi ?

— Pardonnez-moi, mais la position fâcheuse à laquelle les circonstances m'ont conduit, bien malgré moi, soyez-en sûr…

— Je le suis, maintenant, Monsieur.

— Merci, Monsieur. L'odieuse comédie qu'on m'a fait jouer m'a introduit, à mon insu, dans la vie privée d'une jeune femme qui… que…

Il m'observait, les mains sous le menton.

— Je serai sans détour, j'ai annoncé.

— J'allais vous en prier.

— Que pensez-vous de l'union de Mlle Beaupréau et de Pietro Lema ?

— Vous croyez qu'il pourrait exister un rapport avec… Évidemment, j'attendais pour elle un autre avenir. Pour ne rien vous cacher, j'ai craint que la situation financière d'Aude ne représente pour cet homme un attrait particulier. Mais notre Aude a du caractère. Elle a toujours montré une maturité sans commune mesure avec son jeune âge. Elle ne s'est nullement formalisée de mes appréhensions. Pour les apaiser, elle a proposé que nous établissions un contrat devant Me Ménelat, le notaire de la famille. Je gère l'entreprise, sur les bénéfices je lui verse une rente, le reste, à l'exception de ce qui est réinvesti, est bloqué sur un plan d'obligations à long terme.

— C'est-à-dire ?

— Les sommes épargnées et leurs produits financiers ne sont libérables que dans les dix ans qui suivent les versements. Cela assure au placement un rendement optimum et place la fortune de Mlle Beaupréau hors de portée des convoitises.

— Pendant dix ans...

— Les coureurs de dot n'ont généralement pas cette patience.

— Et si elle décide de changer les clauses du contrat ?

— Au terme de l'acte notarié, mon accord est indispensable.

— Je suppose que jusqu'à sa majorité, Mlle Beaupréau avait un tuteur.

— Effectivement, Mgr Lescot a rempli cette fonction.

— Mgr ?

— Le grand-oncle d'Aude est évêque d'Autun. C'est la seule parenté qui lui reste. Les Beaupréau ont payé un lourd tribut à la patrie. Les deux frères de Louis sont tombés lors de l'offensive de 1917, sur la Somme. Celui de son épouse, gazé à Craonne, est décédé voici quinze ans.

La piste Foucart se refermait, et avec elle, celle de la famille. À moins d'imaginer un vieil évêque troquant sa crosse sacerdotale contre celle d'un goupillon à dragées.

L'homme de confiance des compteurs parisiens m'a raccompagné et nous avons échangé les civilités d'usage. Si j'avais espéré un baisser de rideau sur une farce de boulevard, j'en étais pour mes frais.

Au rez-de-chaussée, la concierge m'a tiré de mes pensées. À genoux, elle encaustiquait l'escalier en prenant soin de ne pas tacher le tapis rouge fixé aux marches. Pour faire reluire son turbin, elle ne mégotait pas sur l'huile de coude. La gelée de ses gros bras en tremblotait sous l'effort.

— Sacré boulot ! j'ai admiré tandis qu'elle se redressait pour me céder le passage.

Le front en sueur, elle m'a regardé comme si j'étais le dernier des pouilleux.

XI

J'ai poussé jusqu'au canal. Devant l'hôtel du Nord, le pont tournant pivotait pour laisser passer une drague tirée par un remorqueur poussif. Je les ai suivis. Quai de la Loire, des péniches apportaient leurs cargaisons de sable et de gravier. Sur le débarcadère, Emilio contrôlait un chargement. Sa patte raide lui donnait l'allure d'un albatros empoté. Arrivé d'Italie dix ans plus tôt, il avait promené sa truelle sur tous les chantiers de Paris avant qu'une mauvaise chute ne le cloue au sol. Depuis, il n'avait plus quitté la terre ferme. Il y traînait sa carcasse bancale avec la nostalgie d'un piaf aux ailes rognées. Il devait à la solidarité des immigrés transalpins d'avoir décroché un emploi de gardien aux entrepôts Cavagnolo, matériaux de maçonnerie en gros. Des regrets plein les yeux, il veillait au voyage d'un ciment que d'autres étaleraient. Pas aigri pour autant, Emilio était resté bon comme le pain de sa Calabre. Il réservait ses seules colères à « *Mussolini et ses salopards de fascistes qui étaient une honte pour toute l'Italie* ».

— Salut dététive ! il a lancé dès qu'il m'a vu.

Il a englouti ma main entre ses deux battoirs et on s'est serré la pogne un moment. Des débardeurs allaient et venaient sur les passerelles, ployant sous le poids des sacs.

Emilio souriait. Rencontrer un copain était un plaisir qu'il appréciait autant que fumer une cigarette ou boire un verre de vin. J'ai repéré le comptoir le plus proche.

— T'as bien cinq minutes ?

Il a regardé si rien ne clochait sur les docks et on s'est dirigés vers L'Écluse. Dans le bistrot, des mariniers tapaient le carton. Trois vieux contemplaient leur verre de rouge en rêvant de halages. On s'est installés près de la vitre et j'ai commandé deux muscadets.

— Emilio, parle-moi des frères Rosselli, j'ai demandé sans préambule.

Il m'a dévisagé :

— Tu t'intéresses à eux ou à leur assassinat ?

— Les deux.

— Leur mort est un mauvais présage.

— T'es devenu superstitieux ?

— Te moque pas. Si Mussolini frappe ici, c'est qu'il se sent assez fort pour le faire.

— Mussolini ?

— Les tueurs français sont des hommes de main. L'ordre vient de Rome. Tu verras... si le procès aboutit.

— Pourquoi les Rosselli plus que d'autres ?

— Les fascistes se sont imaginé qu'ils préparaient un attentat contre le Duce. Carlo Rosselli prônait l'action armée pour rétablir la démocratie. C'est pour ça qu'il avait combattu en Espagne.

— En Espagne ?

— Il avait organisé la première colonne de volontaires étrangers. Ils avaient rejoint les anars de Camilio Berneri*.

— Rosselli était anarchiste ?

— Non. Il se méfiait juste de ceux qui veulent remplacer une dictature par une autre, même si c'est celle du prolétariat.

— Lema, il faisait quoi là-dedans ?

— Qui ?

— Pietro Lema.

— Hé, je connais pas tous les Italiens de Paris...

— Corbeau m'a affranchi. Tu me vexes, Emilio. Tu n'as plus confiance ?

J'ai cru qu'il allait s'étrangler dans son muscadet.

— Confiance ? Tu crois que l'époque, elle est à la confiance ? T'es un marrant. Gaffe un peu autour de toi, tout brûle et tu me parles de confiance ? Hier, c'était l'Éthiopie, envahie par Mussolini, et personne n'a bougé. Aujourd'hui, c'est l'Autriche, annexée par Hitler, on ne bronche pas. L'Espagne est à genoux, qui fait un geste ? Alors, pourquoi, ils se gêneraient les fascistes de frapper où ils veulent ? Surtout qu'en face, le petit père des peuples, il est pas en reste. Il peut passer tout ce qu'il veut à la moulinette, le Parti applaudit, il a confiance ! Même en Espagne, les cocos des Brigades*, ils trouvent ça normal. Ils se font trouer la peau par Franco mais quand Staline tire dans le dos des camarades, ils bougent pas. Ils ont confiance !

J'ai fait signe au bistrotier de remettre ça.

— Pietro, on en a repêché un morceau vers Pantin. À l'heure qu'il est, les scaphandriers raclent la vase pour retrouver sa tête.

Emilio a accusé le coup. Il a fermé les yeux. Sur sa tempe, une veine palpitait comme un petit serpent bleu.

— Qu'est-ce que tu viens foutre là-dedans, dététive ? il a dit au bout d'un moment.

Le patron apportait nos verres. J'ai attendu qu'il s'éloigne et j'ai lâché le morceau.

À travers la vitre poussiéreuse, Emilio a regardé l'écluse s'ouvrir sur le canal.

— Tu connais la compagnie France Navigation ? il a fini par demander.

— Non.

— C'est par elle que les armes soviétiques arrivent à l'Espagne. Depuis le pacte de non-intervention, aucun État n'est censé se mêler du conflit. Affaire intérieure espagnole ! Pour livrer leurs fusils aux républicains, les Russes ont trouvé une combine. Officiellement, ils vendent à des tiers. France Navigation se charge du transport. Les armes sont débarquées à Bordeaux ou à Toulon et finissent le trajet en camion. Aux postes-frontières, les douaniers ferment les yeux.

— Et alors ?

— Le président de France Navigation s'appelle Caretta. Il vient du même village que Pietro. Il est membre du Parti, à son plus haut niveau. Pietro travaillait avec lui, jusqu'à ce qu'il largue tout à son retour de Barcelone, il y a un an.

— Pourquoi ?

— Il n'a pas aimé ce qu'il a vu.

— Il pensait quoi ? Qu'il livrait des fusils à bouchons ?

— Tu ne saisis pas, dététive. En Espagne, des guerres, il y en a deux. Celle de Franco contre la République et celle des républicains entre eux. Dans celle-là, les communistes ne font pas de cadeau. Pour Pietro, ça a été comme un coup de massue. Il avait toujours vécu pour le Parti. Ses espoirs, ses rêves… tout ça disparaissait. Pendant six mois, il a vivoté comme un clodo. Puis il a commencé à remonter la pente. Il a trouvé un boulot… comment vous dites, ici ? En bas de l'escalier ?

— De l'échelle.

— Ecco. En bas de l'échelle. Il voulait repartir de là. Et puis, il y a eu la petite. Mais l'Espagne ne l'a jamais quitté. Il s'était décidé à écrire ce qu'il avait vu. Quand il a su pour le dépôt d'armes de Villejuif, il a gambergé à un coup.

— Celui-là, il était gratiné !

— Pietro, il a d'abord songé à nous, pour faire passer les armes à Barcelone. Mais le mouvement était trop secoué par l'assassinat des Rosselli, et puis, jamais on n'aurait joué à ça sur le sol français. Madone ! Ses fusils, ils sentaient la poudre… Alors Pietro a pensé aux anars. Il m'a demandé de le mettre en contact avec des gars sûrs qui regarderaient pas aux moyens. Tu connais la suite.

Dans le soir qui tombait, un remorqueur a lancé un coup de trompe lugubre.

— T'as pas trouvé qu'il voyait un peu grand ?

À nouveau, Emilio a regardé la rue.

— J'ai eu confiance.

XII

Rue des Envierges, la pipelette ravaudait dans sa loge. Dès qu'elle m'a entendu, elle est sortie en s'essuyant les pattes sur son tablier.

— On a déposé une lettre pour vous.

Elle m'a tendu une enveloppe en se lamentant sur son évier bouché. J'ai compati à ses malheurs et j'ai pris connaissance du courrier tandis qu'elle se décarcassait à le lire à l'envers. Un tract, imprimé à l'encre grasse, m'annonçait que la Fédération des artistes révolutionnaires tenait meeting à la Grange aux Belles. Une carte de visite était jointe à l'envoi, « *À ce soir : André Breton* ».

La bignole se dandinait sur ses grosses jambes :

— Vous auriez pas une minute pour regarder mon évier, des fois ?

Toute la journée dans sa loge, avec l'humidité qui dégoulinait des murs et la buée sur les carreaux, quand c'était pas les escaliers à récurer ou les cagoinces à nettoyer, sa plomberie en prenait des dimensions métaphysiques. J'ai consulté ma montre, le pince-fesse ne commençait qu'à vingt heures.

— Vous avez de la chance, madame Jeanne, j'ai le temps.

Je lui aurais amené le petit Jésus en sucre, elle aurait pas été plus contente.

— Si tous les locataires étaient comme vous, elle s'est extasiée en tournant le bouton de la TSF.

« *À Berlin et à Vienne, les électeurs allemands et autrichiens s'apprêtent à se prononcer sur l'Anschluss. Ils devront répondre oui ou non à la question imprimée sur leur bulletin de vote : approuves-tu la réunification de l'Autriche avec le Reich et votes-tu pour la liste de notre Führer Adolf Hitler ?* »

— Ça sent pas bon, tout ça, a commenté la concierge, le ventre en avant.

J'ai sorti un amas de saloperies du siphon.

— C'est rien de le dire.

À la Grange aux Belles, le meeting avait déjà commencé. Assis à la tribune, Breton exposait le programme de sa fédération toute neuve. La salle baignait dans un brouillard de tabac, j'ai entrepris de l'épaissir. J'étais là, adossé à un pilier à bourrer mon fourneau, quand je l'ai aperçu. Sous la lumière qui tombait des cintres, sa boule de billard rutilait comme une pièce de collection. À croire qu'il se lustrait le crâne au Miror. Boris s'est levé et je me suis demandé comment il s'y prenait pour tasser son mètre quatre-vingt-dix dans un si petit fauteuil. Quand il a eu bien dérangé ses voisins, il a remonté l'allée vers les toilettes. Je lui ai emboîté le pas. J'ai attendu dans le couloir que les aller et retour se calment et j'ai poussé la porte. Jambes écartées, une rangée de types se soulageaient. Au milieu, Boris s'absorbait dans la contemplation de son urinoir.

— C'est intéressant ce qui se passe là-dedans ? j'ai demandé.

Ils ont tourné la tête avec des tronches de chats qui pissent dans la sciure. J'ai senti planer la méprise.

— Beaupréau ne t'accompagne pas ? j'ai dit pour la dissiper.

Boris continuait sa petite affaire :

— C'est à moi que vous parlez, Monsieur ?

Dans un concert de chasses d'eau, deux gus se sont reboutonnés. Un troisième est allé se recoiffer devant le lavabo. Boris prenait racine dans son bac. On a fini par se retrouver seuls tous les deux.

— Alors, la mémoire te revient ? On peut causer ?

On n'a pas eu le temps. Un gars est entré pour satisfaire une envie pressante. Surpris, je me suis retourné. Boris aussi, mais je ne l'ai pas vu faire. Avant d'avoir esquissé un geste, je me suis retrouvé le pif collé au mur. J'ai ressenti un craquement à l'endroit où aurait dû se trouver mon nez, puis plus rien, mon visage était anesthésié. Ma vue s'est brouillée et j'ai glissé le long des carreaux en laissant une traînée de sang sur la faïence.

— Ce mec est dingue !

Le gars tenait encore la poignée de la porte. Il m'a rattrapé avant que je touche le sol :

— Je peux témoigner, j'ai tout vu.

— Z'avez de la chance, j'ai murmuré.

Et la lumière s'est éteinte.

Quand elle s'est rallumée, un pompier de service dégrafait mon col. Tout autour, des gens s'entretenaient à voix basse. Je me suis redressé péniblement. Le pompier a posé une main sur ma poitrine :

— Restez allongé, je vais chercher une civière.

— Pas la peine.

Je me suis appliqué un mouchoir sous le blair et je me suis levé. J'étais plus saignant qu'une entrecôte et j'avais sûrement laissé mes sinus sur le carrelage. Pour le reste, ça pouvait aller.

Le pompier insistait. Je lui ai fait signe que je me portais comme un charme et j'ai filé. En regagnant la salle, j'ai heurté une femme à voilette. À la vue du raisiné elle a poussé un hurlement. Des gens ont sursauté, d'autres se sont levés pour voir ce qui se passait. Ça a produit comme une ondulation dans l'assistance. Sur la scène, l'orateur a pigé que quelque chose ne tournait pas rond. Il a interrompu son discours pour se rendre compte.

— C'est rien, c'est rien, j'ai fait dans mon tire-jus sanglant.

Quelqu'un n'a rien trouvé de mieux à dire qu'un truc idiot à propos d'un attentat. Au balcon, un clampin a repris ça bien fort. Aussitôt, la panique s'est emparée de la salle. Au micro, les organisateurs ont lancé des appels au calme. Tout le monde s'est rué vers les sorties. Plus question de discipline républicaine, c'était du chacun pour soi. Du pousse-toi de là que je m'y mette. Un vrai naufrage. En quelques minutes, la salle s'est vidée. Il ne restait plus que moi. Et Breton sur l'estrade qui contemplait le désastre.

— Vous ? il a dit, atterré.

Trois heures plus tard, on quittait les urgences. À Saint-Louis, tandis qu'on poireautait entre une civière et un clodo amoché, j'avais affranchi Breton. Il en avait presque oublié le meeting :

— Et votre ami n'a plus le contact nécessaire à l'acheminement des armes ?

— Pour franchir la frontière, Lema était en cheville avec des douaniers. Sans lui...

— Quel dommage que Klement ne soit pas là.

— Klement ?

— Rudolf Klement, un des secrétaires de Trotski. Il est à Paris. Je comptais sur lui ce soir, mais il nous a fait faux bond. Vous avez sans doute remarqué sa place vide à la tribune. Il aurait pu nous être d'un précieux secours.

— Nous ?

— Bien sûr ! Je ne vous quitte plus, mon vieux. Vous êtes décidément celui par qui survient le hasard.

Un infirmier au teint jaune est venu chercher le clodo.

— Allez papi, on va recoudre tout ça, il a braillé comme s'il s'adressait à un sourdingue.

Le vieux s'est levé en grognant et ils sont partis entre les goutte-à-goutte et les chariots.

— Vous croyez que la Cagoule, c'est son rayon à votre Klement ? j'ai demandé.

— Qui vous parle de ça ? Les armes, d'abord les armes ! Nous devons les envoyer en Espagne.

— Quoi ?

L'infirmier jaunâtre a rappliqué en traînant les pieds sur le carrelage. Il a regardé un lit à roulettes oublié le long du mur avec une envie folle de se coucher dedans. À regret, il m'a fait signe de le suivre. Dans la salle de radiologie, un toubib fatigué m'a tiré le portrait avec la sollicitude d'un flic chargé des photos anthropométriques. Quand il s'est senti épuisé de bâiller à chacun de ses clichés, il est parti les développer. Pendant qu'il tripotait ses plaques, je savais qu'à l'autre bout du couloir, Breton ressassait son plan. Quand il avait une idée en tête, fallait se lever de bonne heure pour lui en faire changer.

Le toubib a fini par revenir, un peu plus fatigué.

— Vous avez un nez d'acier, il a rebâillé. Il n'y a rien de cassé. Je ne sais d'ailleurs pas ce qui resterait à briser là-dedans, j'ai l'impression d'avoir radiographié un puzzle. La prochaine fois que vous croisez une enclume, baissez la tête.

Je suis revenu dans le hall. Breton feuilletait un numéro de *Voilà* consacré à Freud. Sur la couverture, celui que le canard baptisait « le maître de l'amour » s'encadrait entre trois Grâces au corps nu. Sans plus s'inquiéter de ma santé, Breton a largué Sigmund et il a embrayé sur les armes. Qu'elles aient été fauchées par un croquemort l'excitait pire qu'une puce. Il y décelait un de ces signes qu'il voyait partout.

— Vous souvenez-vous de ce que j'écrivais dans le *Manifeste* ? *Le surréalisme vous entraî-*

nera dans la mort qui est une société secrète.
Nous y voilà, mon cher, nous y voilà. Eh bien,
en route ! Qu'on nous conduise au cimetière
dans une voiture de déménagement !

— Ça peut peut-être attendre, j'ai suggéré.

— Tut-tut ! Nous n'avons plus beaucoup de
jours à dormir. En route, vous dis-je.

— Mais où ?

— Votre agression vous aurait-elle privé de
jugement ? Chez votre ami Corbeau, voyons.

— Maintenant ?

Il m'a poussé dehors :

— Il est à peine minuit... Hep ! Taxi !

Avant que j'aie pu formuler une objection, il
avait hélé un sapin en maraude. On s'est installés et le chauffeur a pris la direction de la
Villette.

La pluie s'était mise à tomber. À travers le
pare-brise ruisselant, Paris devenait liquide. Le
ballet des essuie-glaces dans la tiédeur de l'ha-
bitacle n'a pas tardé à me bercer. Je me suis réveillé rue Curial. Par la portière ouverte, un
vent froid s'engouffrait dans le bahut.

— Vous venez ?

Breton tapait la semelle sur le trottoir. Je me
suis extirpé du tacot tandis que le chauffeur mettait son compteur en berne. Ses phares éclai-
raient le rideau de flotte sur les pavés mouillés.

XIII

Dans l'immeuble, la calebombe ne fonctionnait toujours pas. On a suivi la rampe poisseuse jusqu'à l'étage. J'ai craqué une allumette pour repérer la porte et j'ai frappé doucement. Corbeau nous a ouvert en pyjama, pétard au poing.

— Merde ! T'as vu l'heure ? il a grogné. Et lui, qui c'est ?

J'ai fait les présentations.

— André Breton ? Celui de *Nadja* ? C'est vous ?

— Moi-même.

— Mince, alors !

Corback, je l'imaginais pas amateur de poésie. Il a passé un peignoir et il nous a fait asseoir :

— Je vous prépare un café. Par ce temps de chien, vous devez en avoir besoin.

Pendant qu'il fourgonnait dans son placard, Breton admirait le décor. C'est pas qu'il était monomaniaque, Corbeau, mais tout ce qui touchait à la mort l'attirait. Une vraie goule. Pour un peu, il se serait collé un chrysanthème à la boutonnière, comme d'autres un brin de muguet le 1er mai. Fallait le freiner, là-dessus, il aurait vite tourné Grand-Guignol. J'aimais mieux pas savoir ce qu'il trafiquait quand une jolie trépassée tombait entre ses pognes.

Sa cambuse reflétait ses goûts bizarres. Entre les porte-cierges, les cinéraires et ses ustensiles de magie, on se serait cru dans une nécropole. Lucia, fallait qu'elle ait la santé pour se plaire là-dedans. Mais elle avait beau foutre le feu à tout ce qui porte un pantalon, elle en pinçait pour son Swami.

— Clovis Trouille !

J'ai sursauté. Breton était tombé en arrêt devant un tableau fixé au mur. Trois veuves éplorées devant une tenture funéraire. Nues, la blancheur des chairs soulignée par des bas noirs du plus bel effet, deux d'entre elles cachaient leur visage au creux du bras avec un abandon de pietà lascive. Au centre, tout aussi dévêtue, la troisième se penchait sur un cercueil en offrant aux regards une croupe rose et jouflue.

— Ça s'appellera « *Mes funérailles* », a dit Corbeau. La version définitive n'est pas terminée. Clovis m'a offert celle-là en remerciement des accessoires que je lui prête pour ses séances de travail.

Breton s'est assis, comme pris de vertige.

— Clovis Trouille, l'homme qui peint avec des charbons ardents. Ici !

— Y a pas que les charbons qu'il a d'ardents. Poser pour lui, c'est pas une sinécure.

Lucia émergeait de la chambre, la nuisette chiffonnée, une cigarette aux lèvres.

— C'est André Breton, a chuchoté Corbeau.

Elle a allumé sa clope à la gazinière :

— Breton ou pas, il pourrait mettre son biniou en veilleuse. Vous faites un de ces raffuts !

— Je vous prie de me pardonner si je vous ai réveillée, s'est excusé Breton.

— Vous bilez pas, allez ! C'est pas toutes les nuits qu'un poète me sort du page.

Corbeau a rempli nos bols de caoua :

— Y a du rebondissement. Je suis retourné voir Aude. Elle est certaine que le corps du canal n'est pas celui de Pietro.

— Sans la tête, comment elle peut en être si sûre ? j'ai demandé. Après son séjour dans la flotte le corps a dû changer d'aspect.

Lucia a écrasé sa cigarette dans un cendrier Pernod :

— Les femmes, y a des détails qui les trompent pas.

— Un tatouage ? Une cicatrice ?

114

— Non, a répondu Corbeau. Ses mains.

— Quoi, ses mains ? Il avait une bagouse ? Un doigt en moins ?

— Rien de tel.

— Quoi alors ?

— Rien, je te dis. Juste ses mains. Aude jure que c'est pas les siennes.

— Je pige pas.

Lucia a rincé son bol dans l'évier.

— Qu'est-ce qu'un homme peut comprendre à ça ? elle a murmuré en frissonnant.

On s'est regardés. Corbeau a ôté son peignoir pour en couvrir sa compagne.

— Prends pas froid, ma poule.

Il l'a serrée contre lui. Lucia s'est dégagée doucement.

— Je retourne au pieu, elle a fait d'une voix lasse.

Elle est repartie dans la chambre. Pendant un moment on l'a entendue se retourner dans son lit et Corback a embrayé :

— Que le corps sans tête soit pas celui de Pietro ne change pas grand-chose. S'il ne lui était pas arrivé malheur, jamais il n'aurait laissé tombé l'affaire.

C'était pas faux, pourtant un truc me turlupinait.

— Si on l'avait tué à cause des armes, pourquoi ses assassins ne seraient-ils pas venus les chercher ?

— À propos d'armes, a lâché Breton...

À l'aube, on avait pas mal phosphoré, beaucoup fumé et un peu éclusé, aussi. L'idée de Breton avait fait son chemin. C'était peut-être pas la meilleure, mais au point du jour les plus dingues paraissent souvent lumineuses.

Les douaniers qui avaient consigne de fermer les yeux à la frontière espagnole ne laisseraient jamais passer un convoi sans le blanc-seing des autorités. Breton ne se démontait pas. Il sortait son joker : Rudolph Klement.

Au sein du parti de Blum l'heure était au ri-fifi. L'aile gauche poussait à la roue. De l'autre côté des Pyrénées, elle appuyait un parti qui luttait contre Franco et refusait Moscou : le Poum*. Son chef, Andres Nin*, assassiné par les sbires de Staline, avait été proche de Trotski. Qu'une partie des armes soit destinée à ces valeureux combattants pouvait peut-être infléchir quelques agents des douanes triés sur le volet. C'est là qu'intervenait Klement. Il avait connu Nin, il était le secrétaire de Trotski. Il était l'intermédiaire idéal avec ceux qui, dans le secret des ministères, étaient susceptibles d'oublier la légalité pour venir en aide au Poum. C'était du-raille à suivre. Bizarrement, c'est ce qui nous a décidés. Breton se chargeait des contacts et se faisait fort d'envoyer Corbeau respirer l'air des montagnes suisses en attendant que tout se tasse.

— Pourquoi vous faites tout ça ? a demandé Corback en ouvrant la fenêtre.

Breton a sorti une photo de sa poche. On s'est approchés pour la regarder. Un homme était assis sous un porche. Il portait des vêtements d'été. Espadrilles, pantalon de toile, chemisette. D'une main, il caressait un chat couché sur ses genoux. De l'autre, il tenait un fusil avec une grâce enfantine. De l'homme ou du matou, on ne savait pas lequel était le plus paisible. Tous les deux, ils avaient arrêté le temps. Le tirage n'était pas de bonne qualité mais il m'a suffi à reconnaître Benjamin Péret, le poète surréaliste.

— La photo a été prise à Barcelone, a dit Breton. Péret s'y est engagé au début de la guerre civile. Moi, je suis resté. Pour un petit bout de femme d'un an à peine. Le croirez-vous ? Je n'ai pas pu laisser ma fille.

XIV

— Mon Dieu, c'est vous ?

Yvette était horrifiée.

— Qu'est-il arrivé à votre nez ?

— Je viens de signer un contrat pour jouer Cyrano. Il me fallait un tarin approprié.

— Il doit vous faire souffrir...

— Le prix de la gloire ! Mais je me demande si l'accessoiriste a bien fait son boulot. J'ai l'impression que mon nez se tord.

Elle a haussé les épaules. Sous son chandail sa poitrine a fait un bond comme si elle voulait me sauter aux yeux. J'ai pas pu m'empêcher de regarder. Yvette a piqué un soleil.

— Vous fâchez pas, j'ai souri, j'obéis au toubib. Se rincer l'œil, c'est bon pour le canal lacrymal. Ça communique avec le nez, ce machin-là.

Elle est devenue écarlate.

— Mme Desmares vous attend, elle a dit en plongeant sur son clavier.

— Qui ?

— Mme Desmares, l'affaire que vous a confiée le patron. Vous vous souvenez que vous travaillez encore pour lui ?

La poisse ! Je l'avais complètement oubliée, celle-là. Comme si j'avais la tête aux galipettes de son époux. Avec un cadavre sur les bras, un faux client dans la nature et deux flics sur le râble, la non-ingérence, j'y avais droit, moi aussi !

— Chère Madame, je suis à vous.

Sous son bibi à plume d'autruche, Germaine Desmares a regardé sa montre avec un air de reproche et elle a entonné sa chanson d'épouse trahie. Je l'avais déjà entendue cent fois. Quand elle s'arrêtait pour respirer, je laissais tomber une approbation et elle repartait pour un tour. J'avais décroché de son ronron, quand un pigeon s'est perché sur la rambarde de la fenêtre. Il s'est pouillé, il a lâché une fiente, puis il s'est installé pour nous reluquer avec de petits mouvements de tête saccadés. Germaine Desmares a stoppé son moulin à paroles :

— Vous m'écoutez ?

— Excusez-moi. C'est ce pigeon derrière le carreau. On dirait qu'il nous espionne. Il n'en perd pas une miette. Ce doit être normal pour un pigeon.

Elle s'est retournée. Le ramier a incliné la tête pour mieux la bigler de son petit œil rond.

— C'est sans importance, j'ai dit, il s'agissait d'une association d'idées. Nous y avons parfois recours dans la profession. Enfin, moi en tout cas.

Je l'ai raccompagnée en la rassurant sur les fredaines de son mari. Quand j'ai refermé la porte, le tac-tac d'Yvette avait repris, régulier comme un coucou suisse. Encore un oiseau.

— Yvette, la mère Desmares m'a tué. J'ai besoin d'un remontant. Il est midi passé. Vous m'accompagnez au restau ?

Son œil s'est arrondi comme celui du pigeon.

— On passe notre temps à se chipoter, j'ai poursuivi. Et le pire, c'est qu'on sait même pas pourquoi. Moi, je vous aime bien.

Elle a farfouillé dans son tiroir. Peut-être elle y cherchait quelque chose à dire.

— Je vous invite à déjeuner, j'ai insisté

La tortore, c'était son péché mignon. Elle faisait des efforts désespérés pour ne pas y succomber, rapport à sa taille qu'elle avait fine. Son drame à Yvette, c'est qu'elle se lâchait sur rien. Finalement, elle s'est décidée. Elle a ôté ses lunettes et elle s'est levée. Je l'ai aidée à enfiler son trench-coat. Tout en s'habillant, elle s'attardait à son bureau.

— Vous inquiétez pas, j'ai plaisanté, il est bien rangé. Quand bien même, un peu de désordre vous irait pas mal.

Elle s'est empressée de sortir.

Dans le restau, Gopian mettait le couvert.

— Une table tranquille pour les amoureux, il a claironné.

Yvette s'est planquée derrière le menu. Sans ses binocles, elle se crevait les yeux.

— Je vous conseille la moussaka. Elle est aux petits oignons.

Elle m'a envoyé un coup de chasses au jugé. Du fond de la cuisine, on entendait Gopian chanter en arménien.

— J'aime bien ce bistrot, j'ai dit pour meubler. On a le voyage sans supplément. Et le ciné, parfois.

— Le cinéma ? elle a demandé, intéressée.

— Les gens de la Gaumont viennent souvent casser la croûte. Si je vous disais que j'ai vu Gabin assis là, juste à votre place.

— Jean Gabin ?

— Ben oui, y en a pas deux. Il est pas bégueule, vous savez, et je sais de quoi je parle.

— Vous le connaissez, peut-être ?

— Dame, j'ai pas toujours été détective. Je vous raconterai un de ces quatre.

— Vous avez fait du cinéma ?

— Deux ou trois fois, comme frimant.

— Frimant ?

— Figurant, si vous préférez…

— L'écoutez pas, a dit Gopian en apportant nos assiettes fumantes, il inventerait n'importe quoi pour séduire une jolie fille. Ce qui est vrai, c'est qu'on a des vedettes, ici...

La salle s'était remplie. Yvette écarquillait les quinquets, au cas où Pépé le Moko pousserait la porte. On a eu droit à deux preneurs de son. Ils ont lichaillé leur anisette en discutant boutique. Paraît qu'avec le dernier microphone de chez Pathé, on pouvait restituer la voix de Tino Rossi aussi bien qu'au naturel. Les entendre parler de *Naples au baiser de feu*, Yvette, ça l'a chanstiquée. J'ai commandé des baklavas. Elle a protesté, pour la forme. Mais le miel a ajouté son sucre au sirop où elle baignait. Pour un peu, elle aurait entendu les guitares.

— C'est sympathique, ici, elle a fait en s'essuyant la bouche d'un coin de serviette.

— Vous ne connaissiez pas ?

— Non, je ne vais jamais au restaurant toute seule.

Elle avait lâché ça en l'air, mais son « toute seule » pesait lourd de cafard. Je me suis senti monter de la tendresse. Elle pouvait rêver sur grand écran, son seul rôle, elle l'avait décroché à la naissance : laissée-pour-compte. J'ai essayé de penser à autre chose.

— Yvette, vous croyez aux histoires d'amour...

Elle a laissé choir un morceau de gâteau.

— Vous avez remarqué qu'à l'agence, je suis pas trop à ce que je fais, j'ai continué.

Elle a pouffé.

— C'est à cause d'une affaire de cœur. Une jeune femme, éperdument amoureuse...

— Oui, elle a soupiré.

— ... d'un homme qui n'est pas de son milieu.

— Ah ?

— Pour vous et moi, cela n'a aucune importance...

— Aucune !

— Mais la famille ne l'entendait pas de cette oreille.

— La famille ?

— Du moins c'est ce que j'ai cru avant de réaliser qu'on m'avait mené en bateau.

Elle était devenue plus blanche que sa serviette de table.

— De quoi parlez vous ? elle a demandé d'une voix tremblante.

— Mais de mon enquête. Vous savez bien, celle qui m'a valu des ennuis avec la police. Je voudrais vous demander de m'aider sur un point... délicat.

Elle a trifouillé dans son sac.

— Où ai-je rangé mes lunettes ? elle a reniflé.

Elle s'est levée, renversant la carafe d'eau :

— C'est agaçant, à la fin. J'ai dû les laisser sur mon bureau. D'ailleurs, il faut que j'y retourne.

— Yvette, ça ne va pas ?

— Si, très bien, merci. Le déjeuner était excellent. Enfin, non. Et puis, il y a trop de monde ici, on étouffe.

Elle est sortie en bousculant Gopian.

— Vous ne pouvez pas faire attention ? elle a crié dans un fracas de vaisselle cassée.

XV

J'ai rallumé ma bouffarde sous les fenêtres de l'agence. C'était la seconde depuis le déjeuner et je ne me décidais pas à monter. M'expliquer n'était pourtant pas la mer à boire. Boris était le seul maillon auquel je pouvais m'accrocher et je ne savais qu'une chose, il fréquentait le Chat huant. J'avais besoin de quelqu'un dans la place. Quelqu'un qu'on ne remarque pas. Comme un pigeon sur une fenêtre. Un bon gros piaf à l'œil rond.

C'est en le voyant sur la rambarde que l'idée m'était venue. J'avais d'abord pensé à Lucia, mais s'ils avaient Corbeau dans le collimateur, les assassins connaissaient sa compagne. Milou ? On ne pouvait pas lui demander de camper au bordel. Quant à Ginette, elle était trop envapée pour m'avoir donné signe de vie. Restait Yvette. Yvette et sa manie d'écouter aux portes. Yvette et son cinoche à deux sous. Je lui offrais le premier rôle, le retour de Mata Hari. Pour avoir gambergé ça, fallait que je sois plus miro qu'elle.

À force de ruminer, le tabac avait pris un goût amer. J'ai tapoté le fourneau de ma pipe contre ma semelle. Il en est tombé une chique noire. J'ai attendu qu'elle s'éteigne et j'ai gravi l'escalier.

Droite sur sa chaise, le nez rouge et les yeux assortis, Yvette avait la tête d'un reproche vivant. J'ai ôté mon galure.

— Je m'excuse, j'ai dit d'un ton mal assuré.

Elle s'est mouchée avec la discrétion d'une corne de brume.

— Vous m'avez rendue ridicule.

J'ai fait pivoter sa chaise dactylo.

— Vous êtes tout sauf ridicule.

Je sais pas si c'est les coulures de fard sur ses joues ou son pif humide, mais j'ai trouvé qu'elle ressemblait à une poupée dans un caniveau. Ça m'a fait drôle. Sans réfléchir, je l'ai embrassée. Sa langue s'est vite dégourdie. Dans ma bouche, on aurait dit du vif-argent.

— Pas ici, elle a soupiré.

Du coup, j'en ai eu envie, moi aussi. Porte close, on est tombés sur le canapé de la salle d'attente. Une fois les cheveux défaits, elle avait de sacrées idées, Yvette. Elle a tenu à me les faire partager.

On remettait le couvert quand la clameur de la rue nous a interrompus. On s'est démêlés pour aller voir ce qui se passait. J'ai écarté le rideau tandis qu'Yvette remettait de l'ordre dans ses dentelles. Sous son tailleur garde-chiourme, elle en cachait des belles. Des rouges, des noires, des vertes et des pas mûres. Dehors, c'était un autre feu d'artifice qu'on tirait, et celui-là n'avait rien d'affriolant. « La France aux Français », « À bas le juif Blum ». Un long cortège haineux remontait l'avenue. Aux premiers rangs, bérets sombres et chemises noires, les troupes de Doriot faisaient corps comme à la parade. Leur cannes plombées martelaient le pavé, rythmant les slogans d'un écho funèbre. Fallait qu'ils se sentent costauds pour défiler dans les parages, Belleville, c'était pas leur terrain de jeu favori. La couleur du quartier tirait plutôt vers le rouge. Mais quoi, Doriot sortait du Parti, ça le prédisposait à chasser dans le populo.

Sous nos fenêtres, des types ont levé le bras, imitant le salut nazi. Sur un calicot, la caricature d'un homme au visage simiesque, le nez plus crochu que les doigts, un bonnet d'usurier sur le crâne, dévorait une carte de France.

— *Une seule forme d'action politique : enrôler deux cent mille gaillards, leur coller un uniforme, des caporaux, des pistolets-mitrailleurs,*

avoir l'appui d'officiers, fusiller quelques mil-
liers de juifs et de maçons, en déporter autant.

Sur le seuil, Bohman vacillait, un journal à la main :

— Voilà ce que Lucien Rebatet ose écrire dans *Je suis partout.*

Décomposé, il a jeté le canard sur le sol et il s'est assis à son bureau. J'ai ouvert son armoire pour prendre la bouteille de cognac qu'il y planquait en permanence.

— Ça va, patron ?

Il a fait un geste comme s'il voulait chasser une image de ses yeux.

— Laissez-moi, les enfants, il a murmuré.

On est sortis sur la pointe des pieds, quand un barouf de tous les diables a secoué l'immeuble.

— C'est en bas ! a crié Yvette.

On est descendus coudes au corps. La manif s'éloignait mais, au coin du square Bolivar, des badauds s'étaient agglutinés.

— Gopian !

Devant le restau, la désolation nous est tombée dessus. Sur un tapis de verre brisé, des chaises cassées jonchaient le trottoir. À l'intérieur, les tables renversées baignaient dans une mare d'alcool. Au milieu des débris, le poste de radio fumait en grésillant. Sur le mur, une inscription dégoulinait de peinture noire : « les métèques à la mer ». Je me suis approché du comptoir.

Assis par terre, Gopian pleurait sur son perco détruit.

Des voisins sont entrés en faisant gaffe aux éclats de verre. Un petit gros en complet veston a ramassé la TSF tandis qu'un égoutier botté jusqu'aux cuisses contemplait les bouteilles.

« *Tout va très bien, Madame la Marquise, tout va très bien, tout va très bien...* » Volume à fond, la chanson de Ray Ventura a retenti dans les décombres. Yvette a tressailli. Le petit gros tenait la radio dans ses bras :

— Elle marche encore, il a dit avec l'air de s'excuser.

On a aidé Gopian à redresser ce qui pouvait l'être et on l'a raccompagné chez lui. Yvette a proposé de rester. Il a refusé avec un pauvre sourire de bouif mal chaussé.

On est repartis en silence. Le vent du soir balayait le trottoir. Un tract est venu se flanquer dans mes jambes, suivi de près par deux zigues surgis d'une Traction avant modèle poulardin.

— Le hasard fait bien les choses, a dit le plus grand. On allait chez ton patron.

— Chez ton patron, a répété son pote à gros tarin, au cas où je serais devenu dur de la feuille.

— Yvette, je vous présente Nectar et Glouglou livreur.

129

— T'es rigolo, a grincé Nez de clown. Tu nous manquais tellement qu'on est venus te chercher.

Poitrine en avant-garde, Yvette a fait front :

— Ces messieurs sont toujours là en cas de danger.

Le gros flic sortait déjà sa paire de pinces, ça l'a laissé en plan.

— Elle veut dire quoi, la petite dame ?

— Elle veut dire, a repris Yvette, qu'elle vous félicite d'être intervenus si vite. Il y a à peine plus de deux heures qu'une bande de nervis a dévasté l'établissement d'un honnête commerçant du quartier.

Le gros a froncé les sourcils, il a regardé son collègue en attendant la consigne.

— On se calme, a lâché le grand. Ce bordel ne me réjouit pas plus que vous, mais au cas où vous l'auriez oublié nous enquêtons sur un meurtre. Et votre ami détective est revenu sur la liste des suspects.

— Il a toutes ses chances d'arriver en tête, a souri le gros en agitant ses menottes.

L'autre a calmé ses ardeurs :

— Les bracelets seraient déplacés aux poignets de Monsieur. Monsieur va nous suivre de son plein gré. N'est-il pas ?

— Il est, j'ai répondu, tandis que le gros me poussait dans la Traction.

XVI

Au commissariat, l'ambiance avait changé. Plus de lampe dans les yeux, ni de viriles caresses, la boîte à claques était fermée. Pour me le prouver, le grand a envoyé son copain voir ailleurs s'il y était.

— Tes affaires ne s'arrangent pas, il a dit tandis que son pote, vexé, s'exécutait.

D'un tiroir, il a extrait un sachet de plastique contenant un billet de banque.

— On l'a trouvé sur le mort du canal.

J'ai attendu la suite.

— On s'est rencardé sur le numéro de série. En plein dans le mille !

— Le mille de quoi ? j'ai demandé pour la forme.

— Du merdier dans lequel tu t'es fourré. Les talbins qui étaient à ton domicile et celui du cadavre portent des numéros qui se suivent comme des chevaux à Longchamp.

Il s'est roulé une cigarette sans plus s'occuper de moi.

— Je me demande quel besoin on peut avoir d'expédier un gars ad patres avec un billet en poche.

— Peut-être pour payer Charon, le batelier des enfers…

Il a allumé sa tige et il a aspiré une longue bouffée de gris.

— Après tout, peut-être que tu n'es pas si malin. Peut-être que tu ne l'avais pas vu, ce banknote. C'est rageant. T'être donné tant de mal pour vider les poches de ta victime et oublier un ticket. Remarque, un coup de fatigue, c'est compréhensible. Quand on est pas Deibler, décapiter un homme c'est crevant.

La cendre de sa cigarette est tombée sur son gilet. Il l'a balayée de la main, ajoutant une traînée grise aux taches qui le pastifaient déjà.

— Et pourquoi lui as-tu coupé la tête à ce type ? Ah ! Je ne sais pas où j'ai la mienne, pour qu'on ne le reconnaisse pas, bien sûr. D'ailleurs, s'il n'avait plus rien sur lui, c'était pour qu'on ne puisse pas l'identifier. Note qu'on n'a pas eu à chercher très loin pour le faire. Mais, dans tes petites méninges, ça se goupillait comme ça. T'es pas un compliqué. C'est justement pour ça que je ne m'explique pas ce qui t'a pris d'aller chez Aude Beaupréau. Elle ne te connaissait ni d'Ève, ni d'Adam.

— Je peux ? j'ai demandé en zyeutant son tabac.

132

— Je ne suis pas un sauvage.

J'ai bourré ma pipe. Il s'était mis à gribouiller sur une feuille de papier.

— Tu vois, je crois que tu avais un différend avec Lema. Un différend suffisamment grave pour qu'il change de cambuse. Tu as fini par le retrouver en inventant une histoire d'enquête pour couvrir tes arrières. Quand tu lui as mis la main dessus, vos explications ont mal tourné. Tu l'as descendu. Peut-être même sans le vouloir. Une bagarre, un mauvais coup... Bref, te voilà avec un mort sur les bras. Tu t'affoles et tu maquilles le meurtre. Un corps décapité, ça vous a tout de suite un parfum mystère et boule de gomme capable de nous entraîner sur un tas de fausses pistes. Pendant que tu y es, tu joueras le privé jusqu'au bout. Tu t'es déjà inventé un client, tu rempliras la mission qu'il est censé t'avoir confiée. Comme tu te doutes qu'on finira par remonter jusqu'à toi, tu prends les devants. Tu te montres à la veuve, tu lui laisses ton adresse. Un coupable ne serait jamais aussi idiot. *« Monsieur l'inspecteur, si j'avais tué Lema pourquoi serais-je allé chez sa femme ? Pour qu'elle vous conduise jusqu'à moi ? »* Finalement, je me suis trompé sur ton compte, t'es un retors. Tellement, que sans cette histoire de billet, ta combine pouvait marcher. Il a vraiment fallu que tu sois négligent.

— Et le témoignage d'Yvette ?

— Ah ! L'amour...

— Vous y croyez à votre cinéma ?

— Mon collègue y croit.

— Précisément...

Il s'est calé dans son fauteuil et je l'ai vu sourire pour la première fois.

— Le billet, c'est la preuve en trop, pas vrai ? j'ai demandé.

— Je n'aime pas les effets appuyés, j'ai toujours l'impression qu'on me prend pour un con. Celui qui a occis Pietro Lema a tellement chargé ta barque que ça en devient suspect. Si j'avais encore des doutes à ton sujet, ta visite à Foucart les aurait dissipés.

— Vous savez ?

— Ne sois pas désobligeant. Si tu me disais plutôt ce qui est arrivé à ton nez ?

— Rien qui soit en rapport avec ce que vous croyez.

— Je crois surtout qu'à force de le fourrer partout, tu finiras par l'esquinter pour de bon. Pourquoi continuer à t'occuper de cette affaire ?

— Moi non plus, je n'aime pas qu'on me prenne pour un con. Quelqu'un a voulu me faire endosser la mort de Lema. Je veux savoir qui et pourquoi.

— Drôle de pékin, Lema. Tu savais qu'il s'était occupé de transport d'armes ?

— Je le croyais manœuvre…

— Manœuvre maritime, oui. France Navigation, ça ne t'évoque rien ? il a demandé en me regardant bien en face.

— Une agence de voyages ?

— Spécialisée dans un seul trajet : Moscou-Madrid, via Bordeaux.

— Belle balade.

— Écoute-moi bien. Que les Ruskoffs envoient des armes à l'Espagne, je m'en fous. Qu'elles transitent par la France, je m'en contrefous. Mais quand un zèbre qui trempait là-dedans vient se faire trucider dans mon secteur, subitement, ça m'intéresse. Alors ne joue pas à l'andouille ou je serai forcé de revenir à mon premier scénario. Celui qui plaît tant à mon collègue. Il serait ravi de t'enchrister.

Il a jeté une photo sur le bureau. Trois types accoudés au bastingage d'un cargo.

— Le *Beluga*, un des navires de France Navigation. Le cliché date d'avril 37. Tu reconnais Lema. À sa gauche, c'est Caretta, le responsable de la compagnie. À sa droite Kolmov, son homologue russe, par ailleurs membre du NKVD, la police secrète de Staline. Kolmov est chargé du front espagnol.

— Et derrière ? j'ai demandé en montrant une silhouette au second plan.

— Probablement un membre de l'équipage.

Je lui ai rendu la photo :

— Alors ?

— Alors, la filière russe est pleine de trous. Durant la traversée, il doit bien arriver que les bateaux perdent une caisse par-ci, une caisse par-là. Sur une livraison, c'est rien, mais pour celui qui les ramasse…

— Vous blaguez ?

— Personne ne se fait trucider sans motif. Lema ne possédait pas un fifrelin, il ne fréquentait pas le milieu, il n'avait aucune de ces passions qui se paient au prix du sang. Inconnu sur les courtines, jamais vu dans les tripots. L'affaire de famille ? Tu as rencontré Foucart, je ne te fais pas de dessin. Quant à la querelle qui tourne mal, l'hypothèse ne tient debout que si c'est toi le coupable. Si tu nous as dit la vérité, ça l'élimine d'office.

— Éliminons.

— Il reste le mobile politique. Dans ces eaux-là, il était connu comme le loup blanc, Lema. Et quand je dis blanc, c'est une façon de parler. Alors j'ignore si je remue la merde ou des idées toutes faites, mais je sais une chose : c'est en touillant la vase qu'on attrape les anguilles.

— Et moi, là-dedans ?

— Je te relâche. Hop ! À la baille le fretin. Ça intriguera peut-être les gros poissons. C'est curieux ces bestiaux-là. Avec un peu de chance, ils viendront tourner autour de toi.

Il a jeté sa carte sur le burlingue :

— Bailly. Inspecteur Bailly. Quand tu les sentiras arriver, tu feras aussi bien de m'appeler.

Avec le soir, le thermomètre était tombé. Devant le commissariat, un gardien de la paix attendait la relève, enroulé dans sa pèlerine. Quand je suis sorti, il m'a lancé un regard réglementaire et il s'est replongé dans sa léthargie. Surpris par la fraîcheur, les passants se hâtaient de rentrer au logis. Je les ai imités. Un crieur de journaux descendait la rue, *L'Intransigeant* sous le bras :

— Goering chasse les juifs de Vienne ! Demandez *L'Intran*. Les juifs chassés de Vienne !

J'ai allongé le pas. Quand je suis arrivé rue des Envierges, la concierge m'a harponné.

— Monsieur Nestor, elle est là, elle a chuchoté.

— Qui ?

— Ben, la petite dame ! Elle était si inquiète après vous que je l'ai fait entrer. La pauvre, je voulais pas la voir s'en retourner par ce froid qu'est descendu sans prévenir. Un doigt de quinquina et la chaleur du poêle... elle s'est endormie. J'ai pas eu le cœur à la réveiller.

Vautrée sur le pageot de la pipelette, Yvette ronflait comme un sonneur. Je l'ai secouée.

— Oh ? Nestor... elle a grommelé avec un sourire idiot.

Son haleine m'a chatouillé les narines.

— Madame Jeanne, votre doigt de quinquina il était gros comment ?

— Est-ce que je sais, moi, une larme...

— Dites plutôt un sanglot, elle est soûle comme une grive.

J'ai hissé Yvette jusque chez moi.

— Z'est gentil izi, elle a articulé.

Je l'ai assise sur le lit et je suis allé tirer un verre de Château-la-Pompe au robinet. Quand je suis revenu, elle dormait à poings fermés. Je l'ai enroulée dans l'édredon et j'ai tassé le tout dans un coin du lit. Après quoi, j'ai ouvert une boîte de sardines et je me suis attablé. Avec ses histoires de poissons, Bailly m'avait donné faim. Il avait du flair, l'inspecteur, mais j'avais un train d'avance. Ou plutôt un bateau. Je connaissais le quatrième larron de la photo, celui qu'on apercevait derrière Lema, Caretta et Kolmov. Un fameux matelot, capable de naviguer entre deux eaux. En tartinant mes sardines, je me demandais quel couvre-chef allait le mieux à Boris. La cagoule ou le béret du *Beluga* ?

XVII

Yvette est sortie des limbes au matin.

— Où suis-je ? elle a marmonné en émergeant de l'édredon.

— J'ignorais vos penchants pour la boisson. Décidément, vous gagnez à être connue.

Je lui ai passé ses lunettes. Elle a regardé autour d'elle, à peine moins surprise que si elle se réveillait sur la lune.

— Nestor, on vous a libéré ?

J'ai posé un plateau sur le paddock.

— Juste pour que je vous apporte le petit déjeuner. C'est-y pas gentil ? Et pendant que vous le prenez, je vais vous raconter une histoire.

Je lui ai servi mon récit aussi chaud que le café.

— Je peux avoir un peu de lait ? elle a demandé quand j'ai eu terminé.

— Rien ne vous abat, vous.

Elle a trempé une tartine dans son crème :

— Il faut retrouver ce Boris.

— Finement raisonné.

— Nes, j'ignore comment, mais si je puis vous être d'un quelconque secours…

— Justement.

— Oui ?

— Je n'osais pas vous le demander. Quand j'ai essayé, chez Gopian…

Elle a rosi :

— Je crois que nous avons fait la paix.

— Plutôt deux fois qu'une.

— Ne soyez pas goujat.

— Voilà. Pour mettre la main sur Boris, je ne dispose que de deux pistes. France Navigation, et…

— Et ?

— Le Chat huant.

— Évidemment, elle a approuvé le nez dans son bol.

— C'est là que vous intervenez.

Elle a plissé les yeux comme si elle mettait au point sur une cible.

— J'ai pensé que, peut-être, enfin, si vous acceptiez, vous pourriez…

Au-dessus du bol bleu, son regard s'est fait plus noir.

— … vous introduire dans la place pour y guetter Boris.

Elle m'a jeté son caoua au visage.

— Nestor ! Vous êtes ignoble.

Sur les midi, l'affaire était entendue. Yvette serait en planque au bordel, comme n'importe quel privé dans un hôtel ou un bistrot. Qu'ils y opèrent n'impliquait pas qu'ils deviennent grooms ou alcooliques. À dire vrai, on avait vu tellement de gars se mettre à lever le coude à force de maronner devant les comptoirs, que la cirrhose aurait pu figurer au tableau des maladies professionnelles. Je n'avais pas jugé utile de m'étendre sur le sujet. Yvette d'accord, on a mis le cap sur l'Alhambra.

Rue de Belleville, c'était jour de marché. Le long des trottoirs, les voitures à bras se suivaient comme les wagons du train de la Petite Ceinture. Engoncées dans les épaisseurs de nippes qu'elles s'entassaient sur le dos, les marchandes des quatre-saisons poussaient la rengaine à s'en faire péter la glotte. « Elle est fraîche ma salade ! Ils sont beaux mes poireaux ! » Un vrai chœur des anges pour voix de mêlé-cass.

Mitaines aux mains, une vieille pesait des salsifis dans une balance à fléau. Un livreur à triporteur qui slalomait dans la descente a voulu éviter l'autobus. Il a filé un coup de guidon, accrochant les cageots de la vioque. Les salsifis se sont répandus sur la chaussée. On aurait dit des doigts de sorcière griffant le pavé. Le cycliste a redressé sa trajectoire et il a continué son gymkhana sous les injures. J'ai aidé la vieille à ra-

141

masser ses légumes. Sur le mur derrière sa charrette, une affiche à demi décollée vantait les charmes de la gaine Roussel. Quand je me suis redressé, le vent l'a soulevée, laissant apparaître le visage de Corbeau, turban sur le crâne.

— Être recouvert par des dessous féminins, y en a qui ont du pot ! je me suis esclaffé.

J'ai arraché le bas de l'affiche, dévoilant la trombine du Swami. Les deux réclames n'en faisait plus qu'une. Un tableau composé au petit bonheur la chance. Il suffisait de gratter les murs pour y lire l'écriture automatique de la rue.

— Portrait de l'artiste en guêpière ! Encore plus surréaliste que les collages, je viens d'inventer le décollage.

— Mon pauvre Nes, voilà longtemps que vous décollez, a dit Yvette en s'éloignant.

Bouffarde en proue, je l'ai rattrapée devant chez Petit, l'horloger, et on a gagné l'Alhambra. Dans la salle de bal, les musicos finissaient de répéter *Fausse monnaie*, un truc de Gus Viseur. Milou nous a salués de son sourire plaqué or et il a posé sa guitare :

— Salut gadjo, laisse-moi te présenter Jo Privat, le roi de la boîte à frissons.

Le jeune gars bouclait son accordéon, il a porté l'index à sa gapette comme un qui n'a pas froid aux yeux. On n'a pas eu le loisir de parler musique, dans son joli costume rayé, Pierrot radinait, l'air mauvais.

— Le patron sera content de vous revoir, il a ricané, son éternel cure-dent aux lèvres. Il adore qu'on se foute de lui.

Il m'a indiqué la porte d'un signe de tête. J'ai invité Yvette à nous suivre, mais le rouquin s'est mis en travers.

— Désolé, mademoiselle reste ici.

— Ôtez vos pattes, elle a protesté.

Pierrot a craché son cure-dent.

— Tu les éduques mal, il a fait en me biglant de biais. Une femme, ça reste à sa place.

J'ai pas eu le temps d'en placer une, Yvette est montée sur ses grands chevaux.

— Ah, oui ? Et vous la situez où, la place des femmes ?

— On va peut-être pas ouvrir le débat tout de suite, j'ai suggéré.

Le rouquin a pensé que si.

— Nerveuse ? il m'a demandé, sans un regard pour Yvette. Elle aurait besoin d'un dressage.

— Qu'est-ce que vous insinuez ? elle s'est emportée.

Il l'a saisie par le bras.

— Tu vas la mettre en veilleuse, oui ?

Les jeunots, ça a les tifs près de la casquette. Avant que j'aie levé le petit doigt, l'accordéoniste était entré dans la danse. Sûrement une déformation professionnelle.

— T'as entendu Madame ? il a renaudé.

Sous l'affront, Pierrot a lâché Yvette. Déséquilibrée, elle a glissé sur le plancher ciré, elle a fait trois petits pas et elle s'est étalée. J'ai pensé qu'on allait droit à la java. Histoire d'ouvrir le bal, le musicien a gonflé les pectoraux comme il l'aurait fait de son soufflet à punaises. Pierrot a senti le vent, il a plongé la main dans sa poche. Il ne l'a pas ressortie. L'autre l'a étendu aussi sec d'une droite au menton. On a entendu ses mâchoires claquer, il a titubé comme un danseur éméché et il est tombé à la renverse.

J'ai ramassé Yvette tandis que le joueur de biniou se massait la pogne.

— Jo Privat ? j'ai dit. Y a pas, vous avez des mains d'or.

— Il ferait mieux de les agiter sur son clavier !

Alerté par le raffut, Marcel sortait de son antre. Il a enjambé Pierrot et il s'est planté devant moi :

— Tu ne manques pas d'air !

— Je suis venu parlementer.

— Je vois mal sur quoi.

— Je ne sais pas, moi. Sur Ginette, le Chat huant, sur la situation...

En homme qui connaît les affaires, Marcel était un partisan de la négociation. Apprendre qu'un type soupçonné d'assassinat fréquentait une des taules qu'il fournissait en pensionnaires le laissait songeur. Si les bordels avaient pignon sur rue, leurs pourvoyeurs étaient dans le collimateur de la police. Marcel a tout de suite vu arriver les emmerdes. S'il m'aidait à retrouver Boris, je pouvais les lui éviter. En tripotant son couteau, il a groumé contre les règlements tatillons, la condition précaire du barbeau et la libre entreprise étranglée par la loi. Mais je voyais bien qu'il pesait le pour et le contre. Pour enrichir sa réflexion, je lui ai colloqué quelques billets du faux Beaupréau, en lui promettant qu'il y en aurait d'autres. Il lui suffisait de m'aider à introduire une auxiliaire au Chat.

Il a empoché l'oseille :

— Où elle est, ton espionne ?

— Devant toi, j'ai dit.

Yvette a cligné de l'œil derrière ses lunettes. Marcel m'a regardé, incrédule.

— Nom de Dieu ! il a juré dans le silence.

XVIII

Tandis qu'Yvette prenait contact avec son nouveau boulot, je suis retourné voir Emilio. Sur le boulevard, une giboulée de saison a éclaté sans préavis. Je me suis réfugié sous un auvent. Un type au museau de fouine trempée m'y a rejoint en râlant.

— Votre pépin est en panne ? j'ai demandé devant le parapluie grand ouvert qu'il tenait le manche vers le ciel.

— Il va l'être si la lance continue, il a dit en s'essuyant le visage.

— Dans le bon sens, il serait peut-être plus efficace.

— Comment voulez-vous que je travaille si je le retourne ?

J'ai regardé l'intérieur du parapluie. On aurait dit une boutique ambulante.

— Cravates, mouchoirs, pochettes, choisissez la couleur. Je vous mets les trois articles pour le prix de deux. Et je ne vous les vends pas trente francs, pas même vingt. Tenez, vous avez de la chance, il vase, je liquide. Vous me donnez quinze balles pour le tout. En prime, je vous offre un foulard pour Madame.

— La météo vous fait pas perdre pas le nord, j'ai rigolé.

— Jamais, vous avez devant vous Julot, le roi des camelots.

La pluie cessait. Julot a replié son pébroque à malices.

— Je file à Jaurès. Sous le métro aérien, il peut pleuvoir comme vache qui pisse, c'est bon pour le commerce. En sortant, les voyageurs hésitent à se mouiller. Alors, ils baguenaudent devant mon étal. Sans parler de ceux qui préfèrent s'imbiber sur un comptoir bien sec. Avant de rentrer chez eux, ils m'achètent un foulard pour leur moitié, histoire de faire oublier le retard et l'haleine anisée.

Les nuages ramenaient leur sale gueule à l'horizon. J'ai relevé mon col :

— Je vous accompagne.

— Vive Jaurès ! a crié Julot, histoire de montrer que tous les camelots n'étaient pas ceux du roi.

On a pris le tube à Belleville. À l'entrée du quai, le poinçonneur a lorgné le pépin d'un œil soupçonneux. On s'est entassés dans une seconde classe de la Compagnie du chemin de fer métropolitain. Elle a rejoint l'air libre à la station qui, depuis 1914, avait abandonné son nom de Rue d'Allemagne pour prendre celui du leader socialiste assassiné. La pluie était de retour. Julot s'est installé sous le viaduc métallique qui enjambe la rue La Fayette. Quand je l'ai quitté, les badauds s'attroupaient devant son riflard à merveilles.

J'ai gagné le canal. Un ciel sale se reflétait dans l'eau grise. Sur la berge, un pêcheur abrité sous un parasol hypnotisait sa ligne. Une péniche chargée de sable a fait tanguer son bouchon comme un esquif dans la tempête. Son sillage m'a escorté jusqu'aux entrepôts Cavagnolo. Sur le débarcadère, Emilio traînait sa patte folle dans les flaques.

— Tiens, un dététive amphibie.

— Emilio, j'ai de nouveau besoin de tes lumières.

— Par ce foutu temps, elles ne brillent pas beaucoup. Entre toujours t'abriter.

Il a ouvert la porte de la cabane qui lui servait de bureau et une odeur de renfermé m'a saisi à la gorge. J'ai ôté mon galure dégoulinant pendant qu'Emilio allumait un réchaud à alcool.

— Sèche-toi. Je prépare un espresso.

Son café italien avait un goût de lavasse.

— Dégueulasse, hein ? il a grimacé au-dessus de son quart en fer-blanc. La flotte, elle délave même le souvenir.

— Rassemble ceux qui concernent Pietro Lema.

— Encore ?

— Comment est-il arrivé à France Navigation ?

— Je te l'ai dit. Par le Parti. Il y croyait. Pour sûr, il y croyait. Sérieux, bûcheur. Boulot, cours du soir, réunions… Il a vite été remarqué. Il est monté à sa fédération, et de fil en aiguille, son nom a circulé dans les couloirs du Comité central. Il faisait partie de ces gars qui ne seront jamais des dirigeants mais à qui on confie des responsabilités. Quand la guerre d'Espagne a éclaté, il s'est retrouvé dans le cercle de ceux qui ont organisé pas mal de trucs. Quand Caretta a monté France Navigation, il a fait appel à lui. Il a participé aux contacts avec les hommes de Blum.

— Blum ?

— *Ecco* ! Tu crois que les douaniers ouvriraient la frontière s'ils n'étaient pas couverts par le gouvernement ? Léon Blum a désigné un responsable des douanes chargé de l'aide clandestine aux républicains espagnols. Gaston Cusin. Son interlocuteur pour le Parti était Caretta.

— Comment, après ça, Lema a-t-il pu se retrouver manœuvre chez Bornibus ?

— Ça aussi, je te l'ai dit. À son retour d'Espagne, il a tout envoyé promener. Quand tu quittes le Parti, tu perds ta famille, tes amis, tes camarades… Camarade… Tu ne peux pas savoir ce que le mot signifie. Du jour au lendemain ta vie est vide. Faut avoir connu ça, pour comprendre.

La pluie dégoulinait d'une gouttière percée.

— Tu as l'air de comprendre, toi, j'ai dit.

Emilio a avalé une gorgée de café.

— Plus rien n'a de goût, il a grogné en se levant.

Il a ouvert la porte sur la bourrasque.

— Un grand chauve ça t'évoque quelqu'un ? j'ai demandé

— Je t'ai tout raconté. Si ça ne te suffit pas, va voir Sam, de ma part.

— Sam ?

— Samuel Korb. Rue Jouye-Rouve. Il est casquettier. Pietro et lui étaient comme les deux doigts de la main, avant. Ça m'étonnerait qu'il accepte de te parler. Mais après tout, c'est ton boulot d'essayer.

Emilio avait raison, Sam Korb n'était pas bavard. Quand je suis entré chez lui, j'ai tout de suite pigé qu'il n'en décrocherait pas une. On s'est regardés dans le blanc des yeux, les siens semblaient me traverser pour fixer la cheminée du lavoir qui barrait l'horizon derrière la fenêtre. En bas de chez lui, il avait dû en voir passer, des femmes. Des jeunes qui riaient à gorge déployée en portant leur bassine, des vieilles, courbées sous leur fardeau de linge sale, celles qui venaient le laver en traînant des mouflets morveux accrochés à leurs jupes… En cousant ses gapettes, peut-être rêvait-il à toutes ces silhouettes féminines sur les pavés. Mais ça non plus, il ne le dirait pas. Il avait beau avoir la bouche ouverte, Sam Korb était muet comme une tombe. En attendant de rejoindre la sienne, il se balançait doucement, la tête penchée sur la poitrine, une corde autour du cou, pendu comme un jambon aux poutres du plafond.

Sur son veilloir où s'entassaient les outils, un numéro de *L'Humanité* était resté ouvert. Une brève y relatait la découverte, dans le canal de l'Ourcq, d'un corps mutilé que le journaliste, à l'instar de ses confrères, attribuait à Pietro Lema, sans mentionner ses activités passées au Parti.

Dans le capharnaüm de Samuel, j'ai déniché ce qui ressemblait à une boîte à souvenirs. Les photos jaunies d'un couple de mariés, figés pour l'éternité dans leur bonheur tout neuf. Deux allers simples, troisième classe, Varsovie-Paris, datés du 12 décembre 1922. D'autres photos : un groupe d'amis applaudit l'arrivée des six jours cyclistes au Vélodrome d'Hiver, sur les gradins, Sam et Pietro rient aux éclats. Une femme et un homme — Samuel Korb plus jeune — enlacés. Samuel et la femme sous les lampions d'un bal populaire. Le pique-nique d'une fête de l'Huma, à Garches. Samuel et Lema dans la cour d'une usine. Une partie de campagne, au bord de l'eau, des tandems sont appuyés contre un arbre, Sam et Pietro portent un toast devant l'objectif. Des coupures de presse en yiddish. Une carte de la CGT, syndicat des casquettiers, et une du parti communiste, section du XXᵉ arrondissement. Une chanson imprimée des éditions Paul Beuscher, *À Paris dans chaque faubourg,* paroles et musique de René Clair et Maurice Jaubert. Un faire-part de décès daté du 20 novembre 1937 au nom de Paula Korb. Une compilation d'articles vantant les succès du socialisme en Union soviétique. Un paquet de lettres signées Paula, débordant de mots d'amour.

La vie d'un petit fabricant de bâches tenait dans un carton à chapeau. Je m'apprêtais à le refermer quand une enveloppe a attiré mon regard. Elle portait le cachet de Barcelone, 20 juin 1937. Je l'ai ouverte.

« *Mon vieux Sam,* écrivait Lema, *ta dernière lettre est terrible. J'y ai retrouvé le discours que tiennent tous les aveugles du Parti. Comment peux-tu justifier ce qui se passe au prétexte qu'il faut protéger la révolution de ses ennemis ? Au train où tombent les têtes, elle n'aura bientôt plus d'autres amis que ses bourreaux. Staline est devenu fou, et avec lui ceux qui le suivent. Qu'est-il arrivé pour que nous en soyons là ?* » Dans un second courrier Pietro s'étonnait du silence de son ami, il terminait par un « *au revoir mon Samuel ?* » lourd de tristesse. Deux articles de presse accompagnaient la lettre. Le premier, découpé dans un quotidien espagnol, relatait la découverte du cadavre de Camillio Berneri dans les rues de Barcelone, le 5 mai 37. L'homme que les Rosselli avaient rejoint au début de la guerre les avait précédés dans la tombe. Le second article était un extrait de *La Pravda*. On y avait souligné une phrase en rouge.

Des voix montaient de la rue. Je me suis approché de la fenêtre. Devant le lavoir, un groupe de femmes apostrophait un charbonnier qui livrait ses boulets.

— Bravo le carbi, sur mes draps propres !

— Vous pouvez pas faire attention en déchargeant votre tombereau ?

La gueule noire de poussière, le gars se coltinait un sac qui devait peser ses cent livres.

— Y en a une qui veut le porter ? il a râlé, j'en ai six à descendre à la cave.

Une matrone au triple menton s'est esclaffée :

— Descendre à la cave ? Faut pas rêver !

— C'est-y pas plutôt qu'il voudrait monter au septième ciel ? s'est marrée une brunette délurée.

Joignant le geste à la parole, elle a regardé en l'air. Subitement, son rire s'est figé. Elle a ouvert la bouche comme si elle manquait d'oxygène et elle a lâché son panier.

— Un pendu ! elle a hurlé, le bras tendu vers la fenêtre.

J'ai ramassé les lettres et je me suis précipité dans l'escalier. Deux étages plus bas, je m'enfermais dans les W.-C. du palier. Charbonnier en tête, des voisins grimpaient chez Samuel. J'ai entendu leurs cris quand ils l'ont découvert, et j'ai repris ma descente. Sur le trottoir, tête levée, les femmes du lavoir scrutaient la fenêtre.

— Ils le décrochent, a dit la brunette, une main sur le cœur.

Je me suis éclipsé sans demander mon reste.

Il était bientôt l'heure de récupérer Yvette. En chemin, je me suis arrêté à la Vielleuse histoire de mettre de l'ordre dans mes idées. Je les ai rassemblées entre un bock et les papiers trouvés chez Sam Korb. Samuel et Pietro, comme les deux doigts de la main. Sam, resté sourd aux appels de son ami.

Dans l'atmosphère enfumée de la brasserie, tout ce micmac prenait des allures de décor forain. Avec des marins, un croque-mort, des putains, des drapeaux, des hommes en armes, des cagoules et du sang. Une sarabande macabre digne d'un tableau de Clovis Trouille.

— Vous êtes toujours aussi délicat ! Voilà plus d'une demi-heure que je vous attends !

Une créature carrossée comme une Daimler s'est assise sur la banquette en découvrant la lisière d'un bas. Elle a trempé ses lèvres dans ma bière.

— Yvette ?

Les joueurs de billard roulaient des yeux plus ronds que leurs boules.

— Je crois que je tiens mon personnage, elle a dit en sifflant le garçon.

XIX

« *Devant le refus du Sénat de lui confirmer les pleins pouvoirs financiers qu'il avait obtenus de la Chambre, le 6 avril, monsieur Léon Blum a présenté sa démission au président de la République.* »

J'ai baissé le son de la radio. Le temps des cerises s'achevait au printemps et, avec lui, l'espoir d'expédier les armes de Corbeau s'envolait. Elles n'avaient pourtant jamais été aussi utiles. De l'autre côté des Pyrénées, les troupes franquistes poursuivaient leur percée. Les villes tombaient une à une.

— Tu reprends un café ?

Gopian avait déjà la main sur son percolateur flambant neuf. Tant bien que mal, il avait retapé son bistrot. Les chaises dépareillées témoignaient de la solidarité des voisins, la vitrine, du soutien de la communauté arménienne. Les machinos de la Gaumont s'étaient cotisés pour le miroir, et le nouveau perco devait sa présence à

Jean Gabin en personne. Apporté un matin dans une fourgonnette de tournage il avait aussitôt été baptisé *« la bête humaine »*, en hommage à l'acteur dont le dernier film venait de sortir.

J'ai décliné le caoua :

— Faut que j'y aille, le corbillard doit être en piste.

Un mort, ça poireaute pas. Question boulot, Corbeau respectait les usages. Je suis arrivé rue Jouye-Rouve alors qu'il descendait la dépouille de Sam Korb. Il avait revêtu le même costard qu'au théâtre et, un instant, je me suis demandé s'il allait ressusciter son client. Il aurait sûrement eu des tas de choses à m'apprendre, mais les trucs du Swami auraient défrisé l'assistance. Ceux qui étaient venus rendre un dernier hommage au casquettier étaient du genre rationaliste. Un groupe d'anciens combattants républicains, oriflamme au vent, une brochette de libres-penseurs, des camarades syndiqués, une délégation du Parti, brassards noirs et œillets rouges. J'ai cherché une quelconque famille dans la petite foule qui se pressait autour du fourgon. Celle de Samuel Korb se résumait à ses frères en idées. Impressionnés, les voisins se tenaient en retrait, fiers malgré tout d'accompagner un mort d'importance. J'ai pris ma place dans le cortège et le convoi s'est ébranlé. Sur les trottoirs, des passants se sont découverts. Deux femmes, ignorantes des dernières volontés laïques du défunt, ont fait un signe de croix. Tout en marchant, j'observais les dos qui me précédaient sans trop savoir ce que j'y cherchais. Je commençais à regretter ma matinée perdue quand on est arrivés au cimetière de Belleville. Samuel Korb retournait à la terre, là où cent quarante-six ans plus tôt, dans les tourbillons d'une autre révolution, Claude Chappe avait planté le premier télégraphe de l'Histoire. À grand renfort de cordes, Corbeau et ses acolytes ont descendu le cercueil dans la fosse. Enterrement civil oblige, ils n'auraient à installer ni gerbes ni couronnes. Se réservant pour les asticots, Samuel avait refusé d'engraisser les fleuristes.

Quand les croque-morts ont remonté leurs cordons, un type en pardingue à col de velours a prononcé une allocution et chacun est venu, à tour de rôle, jeter une poignée de glaise sur la boîte. Les gus du Parti en ont profité pour lancer leurs œillets. Chapeau bas, le dernier s'est attardé au bord de la fosse. Dans ses cheveux d'un noir de jais, une mèche immaculée faisait comme une coulée de neige. Il a jeté son œillet d'une main tremblante d'émotion, il a remis son chapeau et il s'est retiré. Quelques raclements de gorge, des mouchoirs rentrés, et la compagnie s'est dispersée. Je m'apprêtais à tourner les talons quand un retardataire s'est pointé en soufflant comme un phoque. Un petit homme maigre qui paraissait avoir monté la rue en courant. La larme à l'œil, il est resté un moment à fixer le cercueil. Il a écarté les bras dans un geste d'impuissance puis il s'est éloigné. Il a fait quelques pas mal assurés et il s'est adossé à une chapelle, inondé de sueur, secoué d'une quinte de toux à réveiller les morts. Je me suis approché, il m'a regardé sans me voir et je l'ai rattrapé avant qu'il ne s'évanouisse.

Quelques instants plus tard, il reprenait des couleurs au *Réservoirs*, le café qui fait face au cimetière.

Franeck Czerovski arrivait de Béthune. Une panne de motrice, et son train l'avait déposé gare du Nord avec une heure de retard. Son poumon droit ne lui permettait pas de traverser Paris au pas de course :

— J'ai laissé le gauche à la mine.

Malgré une vilaine silicose, il avait tenu à assister au dernier voyage de son beau-frère. J'ai essayé d'effacer les traces des années sur ses traits.

— C'est vous, là, n'est-ce pas ?

Il a chaussé ses lunettes pour voir la photo que je lui montrais et son visage s'est éclairé.

— Les Six Jours ! C'était en 32. Sam et Paula m'avaient réservé la surprise. C'est les Hollandais qui ont gagné cette année-là. Des sacrés pistards... Attendez, comment ils s'appelaient, déjà... Van Kempen et Pijnenburg.

D'après le cliché, il devait avoir à peu près quarante ans. Il en paraissait plus de soixante.

— C'est Samuel qui vous a donné cette photo ? Dites, si je vous demandais...

— Laissez-moi votre adresse, je vous enverrai un tirage.

— C'est chic ! Vous comprenez, c'était le bon temps. On était tous réunis et cette saloperie ne me bouffait pas encore les éponges. Du moins, je l'ignorais.

— L'homme en casquette derrière votre sœur. Vous le connaissez ?

Il a ajusté ses lunettes.

— Mais oui ! Bien sûr. C'est Maxime.

— Maxime ?

— Maxime... je sais plus comment, j'avoue. Un camarade de Samuel, un chouette gars. Ils se voyaient souvent. Ils ont travaillé ensemble par la suite. Vous ne le connaissez pas ?

— Si, mais les années... et puis, sa casquette...

— C'est qu'on n'a pas l'habitude de le voir avec quelque chose sur la tête. Il a pas un poil sur le caillou. Un truc génétique, je crois. Du coup, j'ai hésité, moi aussi. Mais c'est bien lui. Il n'était pas aux obsèques ?

— Non. Si ça se trouve, il n'est même pas au courant.

— Ce serait embêtant…

— Je peux le prévenir. Vous savez où le joindre ?

— Non.

De nouveau, il a regardé la photo.

— Attendez, le lendemain de la course, on était allés au restaurant. Maxime avait l'air de bien connaître l'endroit.

— Vous vous rappelleriez pas le nom du restau, des fois ?

— Si, le Matriochka. Je m'en souviens parce qu'à Béthune, on a la copie conforme. Avec la même poupée de bois sur son enseigne. Vous le trouverez près de l'église russe de la rue de Crimée.

On a fini nos verres et j'ai proposé d'appeler un tacot à Pyrénées. Le frère de Paula Korb s'est fait tirer l'oreille :

— Je suis pas encore bon pour la casse.

— Qui vous parle de ça ? La gare du Nord c'est sur mon chemin, j'ai menti. On prend le taxi tous les deux et je me ferai rembourser par mon patron.

— Si c'est aux frais des patrons… N'empêche, le vôtre, il est bath, vous payer le sapin…

Gare du Nord, j'ai regardé s'éloigner Franeck Czerovski en me demandant combien de temps mettrait la silicose pour venir à bout de son unique poumon. Quand il a disparu dans le flot des voyageurs, je suis descendu du taxi.

— Je devais pas vous conduire ailleurs ? a demandé le chauffeur.

— Restrictions budgétaires. Mes moyens me permettent pas d'aller plus loin.

XX

J'ai radiné à l'agence pedibus. À peine arrivé, Bohman me faisait appeler. Il avait la tronche de celui qui vous envoie au casse-pipe pour la paix universelle.

— Ma démarche est embarrassante. Je voudrais... je souhaiterais... il s'agit d'un service... Enfin, nous sommes entre hommes, sacrebleu ! J'irai droit au but. Vous ne trouvez pas qu'Yvette a changé ?

— Yvette ?

— Oui... Vous avez dû vous en apercevoir. Ses tenues... elle qui était si discrète, Je crains que cela nuise à la bonne marche de la maison. Nos clients n'ont pas tous l'esprit aussi moderne que le mien.

— Je n'ai rien remarqué, j'ai menti. Vous n'aimez pas sa façon de s'habiller ?

— Ce n'est pas ça. C'est charmant, bien sûr, mais un peu déplacé pour le travail.

— Tout dépend lequel.

— Pardon ? Ah oui, nous nous comprenons. Écoutez, j'ai cru voir qu'Yvette et vous entreteniez d'excellents rapports ces temps derniers. C'est bien, c'est très bien, j'aime à voir se développer l'esprit de famille. C'est aussi cela, l'agence Bohman. Bref, je compte sur vous pour lui dire... lui dire... Enfin, vous voyez ce que je veux lui dire.

Il s'est levé pour m'ouvrir la porte. Yvette tapait sur sa machine. Sa robe la collait de si près qu'on aurait pu compter ses grains de beauté à travers.

— Yvette, j'ai fait avec mon plus chouette sourire, vous croyez pas que votre robe est un peu...

— Un peu ? elle a demandé en se penchant par-dessus sa Remington.

— Beaucoup, j'ai corrigé devant son décolleté.

— Vous voulez dire, trop ?

— Un chouïa. Les clients...

— Ils n'ont jamais été aussi prévenants.

— Attendez de voir la trombine de la mère Desmares.

— Se décoincer lui ferait pas de mal.

— Stop ! On avait convenu que vous seriez en planque au Chat huant, rien de plus. Sortie de là, laissez votre rôle au vestiaire !

— Il est des rôles qui collent à la peau, elle

a murmuré en suçotant une branche de ses lunettes...

— Bon sang ! Vous avez bientôt terminé votre numéro ?

Le rouge est monté à ses joues comme un incendie.

— Ce n'est pas un numéro, c'est un travail ! Vous me l'avez proposé, je l'ai accepté. Dans cette affaire, je suis votre associée.

— Quoi ?

— Vous n'avez pas à me dire ce que je dois faire.

— Mais...

— Je vous croyais moins rétrograde.

Elle s'est levée et sa robe a découvert ses jambes sur les grandes hauteurs.

— Et vous pourrez annoncer à Mme Desmares que si elle veut récupérer son mari, elle peut s'offrir un ensemble de deuil. Il vient chaque semaine au Chat huant se rouler dans un linceul avec la Veuve !

Elle a chopé son trench-coat au passage et elle est sortie en balayant mon râtelier à pipes.

— Votre bazar empeste ! elle a crié. Videz au moins vos cendriers !

Je suis resté comme deux ronds de flan. Bohman a entrebâillé sa porte.

— C'est arrangé ?

— J'ai la situation en main.

— Parfait, il a soupiré, il était temps que l'ordre revienne.

À vingt heures, je retrouvais Breton chez Corbeau. Il n'avait rien de bon à nous apprendre. La chute de Blum ruinait son plan déjà chancelant. Un malheur n'arrivant jamais seul, le torchon avait brûlé entre le Poum et Trotski. Et pour faire bonne mesure, Klement, toujours invisible, venait de faire savoir, par lettre postée de la frontière espagnole, qu'il se rendrait bientôt en URSS pour y faire amende honorable. *« Je me suis trompé sur tout »*, écrivait-il en forme de reniement.

Breton était consterné.

— Je ne comprends pas ce qui pousse Klement à agir ainsi. Son revirement est incroyable.

Corbeau tirait sa gueule de croque-mort. Je n'aurais pas été surpris de le voir prendre nos mesures à tout hasard.

— De toute façon, il a grommelé, ça pouvait pas marcher. Trop tordue, votre idée. Sans compter que les trotskistes, moi je m'en méfie autant que des autres.

— Permettez ! a protesté Breton.

— Entre nous, votre Klement, une vraie planche pourrie. J'en voudrais pas pour faire un cercueil.

Breton s'est dressé :

— Il suffit ! J'ai assez perdu de temps. Que m'importent, après tout, les affaires d'un mage de bazar !

— Allons, allons, j'ai tempéré.

Peine perdue, ils avaient décidé de se monter le bourrichon. Corbeau a cogné sur la table :

— Le mage, dans son bazar, il a de quoi faire péter un manifeste autrement plus explosif que vos pétards surréalistes.

Du haut de son Olympe, Breton lui a jeté un regard noir.

— Là où ils sont, vos fusils sont des oiseaux dormants. Des gueules sans voix. Je vous les laisse.

— C'est ça, c'est ça, a dit Corbeau avec un ricanement amer, je me débrouillerai tout seul. Ah, vrai ! Je vous préférais quand je vous imaginais. Vous aviez une autre allure. J'y croyais à votre truc, moi : « *Lâchez la proie pour l'ombre, lâchez une vie aisée, partez sur les routes. Lâchez tout.* » Tu parles, lâchez les copains, surtout !

Le silence est tombé d'un coup. Breton, drapé dans sa grandeur, a secoué sa crinière de lion outragé. J'ai cru qu'il allait mordre, mais entendre Corback le citer, ça l'a radouci. Peut-être a-t-il pigé qu'il n'avait jamais lâché grand-chose, à part des étoiles dans le vent du soir. Il est resté un moment debout, la main sur la table, son manteau sur les épaules jeté comme une cape.

— Qu'est-ce que ça peut faire que vous soyez pas à Barcelone ? a demandé Lucia en allumant une cigarette.

— Qui vous a dit...

Elle a rigolé.

— Oubliez pas, je suis la morte qui flotte. Je vois tout.

Breton s'est rassis.

— Vous mettez pas la rate au court-bouillon, elle a poursuivi. Vous y étiez aux barricades. Je vous ai vu. Dans l'encoignure des porches quand les balles étincellent sur les pavés. Près des fontaines aux blessés. À l'ombre des terrasses, dans la fraîcheur du soir. Je vous ai vu sur les genoux de votre ami Péret, après les combats. Vous êtes le chat noir de la photo. Sans lui, l'image n'a plus de sens.

Tandis qu'elle parlait, Breton s'était défait de son manteau.

— Qui êtes-vous ? il a murmuré.

— Vous le savez bien, une médium de bazar.

Elle a soufflé sa fumée et ses yeux ont suivi le petit nuage de tabac qui filait vers la fenêtre.

— C'est ma Lucia, a dit Corbeau.

XXI

Le lendemain, à l'ouverture des bureaux, je prenais mon crème au Grand Café, boulevard Haussmann. Parmi les grappes d'employés qui avalaient un dernier noir avant d'enquiller leur journée, j'observais la façade bourgeoise de France Navigation. En quelques mois, la compagnie était devenue l'une des plus florissantes du pays. Pour couvrir ses missions espagnoles, elle avait développé ses activités commerciales. Et placé à sa présidence un homme d'affaires qui, pour être du Parti, n'en maîtrisait pas moins l'économie de marché.

Sur le coup de huit heures, le petit peuple des cols blancs a décarré des brasseries pour rejoindre les banques et les assurances qui avaient élu domicile dans le quartier. Ça a fait comme un vol d'étourneaux dans la rue. À huit heures cinq, le Grand Café s'était vidé. Une dondon au chignon de traviole a entrepris de compter la recette sous l'œil morne d'un loufiat aux tifs gras qui se curait le pif. J'ai payé mon jus et je suis sorti. Je n'ai eu qu'à traverser pour pousser la porte à tambour de France Navigation.

— À quelle heure aviez-vous rendez-vous avec M. Caretta, Monsieur... ?

Dans l'attente de mon nom, la réceptionniste épluchait l'emploi du temps de son patron. J'ai sorti une carte de visite à l'estampille de l'agence. Elle m'a balancé un sourire aussi fin qu'un tuyau de plomb et elle a décroché son téléphone intérieur.

— Claudine, c'est Suzanne. Un monsieur... (elle a regardé la carte) Bohman, dit qu'il a rendez-vous avec M. Caretta. Je ne vois rien... Toi non plus ? C'est que ce monsieur est policier. Enfin, détective privé. L'objet de sa visite ?

Elle m'a regardé par en dessous :

— Pouvez-vous me rappeler l'objet de votre visite ?

— L'assassinat de Pietro Lema, j'ai articulé assez fort pour faire sursauter un amputé des tympans.

Quelques minutes plus tard, l'ascenseur a craché un zigue taillé comme un culbuto. Il s'est précipité à ma rencontre.

— Si vous voulez m'accompagner, il a proposé d'une voix de haute-contre.

Je lui ai emboîté le pas. Au quatrième, le liftier a ouvert sa grille sur un couloir décoré de photos de cargos. Je me suis arrêté devant celle du *Beluga*, affichée près de l'organigramme de la société.

— Nous affrétons douze navires, a précisé mon guide avec une pointe de fierté.

Et, sans transition :

— M. Ligné va vous recevoir.

— Ligné ?

— Le fondé de pouvoir de M. Caretta. M. Caretta est en conférence.

Fernand Ligné avait l'allure sportive de ceux qui suivent un entraînement régulier. Sa poignée de main m'a évoqué une prise de catch. Je me suis dégagé et il m'a invité à m'asseoir, au regret de ne pas m'avoir envoyé au tapis. Sur son bureau en acajou, une statuette de bronze à l'effigie d'un lutteur servait de presse-papiers. Pour l'heure, il ne pressait pas grand-chose.

— Eh bien ? a demandé Ligné, le menton en avant.

J'ai glissé le cliché trouvé chez Sam Korb sous les pieds du lutteur. Mon hôte a pris la photo du bout des doigts et il s'est penché comme s'il voulait profiter d'un meilleur éclairage.

— Vous ne reconnaissez personne ?

— Je devrais ?

— Gagné !

— Je ne vois pas.

— Vous m'étonnez.

— Cher monsieur, vous n'aviez pas rendez-vous, néanmoins je vous reçois. Mais si vous avez l'intention de procéder à je ne sais quel interrogatoire, je me verrai dans l'obligation d'écourter notre entretien. Pouvez-vous me dire, une fois pour toutes, ce que vous voulez ?

— Votre secrétaire vous a mis au parfum. Alors, gagnons du temps.

Ligné m'a rendu la photo.

— De quand date ce cliché ?

— 1932.

— À cette époque, cette maison n'existait pas.

— Arrêtez de jouer du violon. Votre patron et Pietro Lema l'ont montée, votre boîte...

— Fernand dit la vérité.

Je ne l'avais pas entendu entrer. Gino Caretta n'était pas du genre bruyant. Une cigarette à la main, il se tenait dans l'encadrement de la porte. Dans sa chevelure d'un noir de jais, la mèche paraissait plus blanche encore qu'à l'enterrement de Samuel Korb.

Il m'a introduit dans son bureau.

— Claudine, veillez à ce qu'on ne nous dérange pas, il a ordonné à sa secrétaire, un sosie de Paulette Godard.

Il a refermé la porte, il a ouvert celle d'une armoire et il en a sorti une carafe et deux verres.

Après avoir fait le service, il a humé le sien, les yeux mi-clos :

— On a beau savoir que les frontières sont une invention humaine, l'odeur du pays ne s'oublie jamais.

J'ai lampé mon godet :

— Vous viviez près du Vésuve ? j'ai demandé tandis qu'une coulée de lave descendait dans mon gosier.

Il a souri.

— La grappa se savoure, monsieur Bohman.

— Bohman est le nom de mon employeur. Une appellation collective, comme…

— France Navigation ? Inutile de finasser. Vous connaissez l'histoire de cette compagnie. Ceux qui l'ont créée ont toutes les raisons d'en être fiers. Moi le premier.

— Les autres sont là, n'est-ce pas ?

Il a regardé la photo du Vel'd'Hiv' et son visage a reflété l'émotion que j'y avais lue au cimetière.

— Six ans, il a murmuré, lointain.

— Il ne manquait que vous, ce jour-là.

— Détrompez-vous, c'est moi qui ai pris ce cliché.

— De ceux qui sont dessus, peu sont encore en vie.

— En quelques jours, j'ai perdu deux amis et avec eux, une partie de moi-même. Plus que

173

quiconque, je souhaite que l'assassin de Pietro soit arrêté et jugé. Pour cela, je suis prêt à aider la police du mieux que je pourrai. Vous admettrez que je me montre plus circonspect avec...

— Un flic privé ?

— Précisément. À quel titre enquêtez-vous sur la mort de Pietro ?

— Disons que j'ai été employé par un autre de vos amis.

Caretta a ouvert le coffret à cigarettes posé sur son bureau.

— Est-il indiscret de vous demander son nom ?

J'ai décliné les gitanes alignées dans leur boîte.

— Un amateur de courses cyclistes, lui aussi.

Il actionnait son briquet. Il a interrompu son geste pour regarder à nouveau la photo du Vel d'Hiv.

— Maxime ? Maxime Collin ?

— Vous paraissez étonné. Il ne vous avait pas mis au courant ?

Il s'est décidé à allumer sa cigarette.

— Je vois mal ce que je pourrais vous apprendre que Maxime ne vous ait pas déjà dit.

— Un détail aurait pu lui échapper. La police pense que l'assassinat de Pietro Lema est en rapport avec les activités de votre société. Ma visite ne fait que précéder la leur.

— Pietro avait mis fin à sa collaboration.

— Désaccord politique. L'expression est correcte ?

Il a hésité.

— Nous ne nous fréquentions plus, mais cela ne retire rien à l'amitié que je lui portais.

— N'avez-vous jamais soupçonné que des actes... indélicats aient pu être commis à l'occasion de vos livraisons en Espagne...

— Que voulez-vous dire ?

— Les armes sont une marchandise convoitée...

— Des vols ?

— Par exemple.

— Non, je puis vous l'assurer. D'ailleurs, Maxime en aurait été le premier alerté.

— M. Collin ?

— Oui, en tant que responsable de la sécurité.

— Bien sûr. Mais Lema aurait pu s'être aperçu de quelque chose sans en référer.

— Pourquoi aurait-il gardé le silence ?

— Est-ce que je sais ? Parce qu'il n'avait pas de certitudes. Parce qu'il voulait vérifier si ses soupçons étaient fondés. Je vous l'ai dit, je suis à la recherche d'un détail qui pourrait éclaircir cet assassinat.

— Je crains de ne pouvoir vous être d'aucun secours.

— Je n'abuserai pas plus longtemps. Si quelque chose vous revenait, vous pouvez me joindre au numéro qui figure sur ma carte.

Il s'est levé.

— Monsieur Caretta, j'ai dit alors qu'il ouvrait la porte, la description d'un homme d'une cinquantaine d'année, grisonnant, élégant, portant moustache, et légèrement couperosé vous évoque-t-elle quelqu'un ?

Il n'a pas cillé à l'évocation du faux Beaupréau.

— Personne. Une fois encore, vous m'en voyez désolé.

Le sosie de Paulette Godard m'a raccompagné. Dans le couloir, je me suis arrêté à nouveau devant la photo du *Beluga* :

— J'ai toujours eu un faible pour les vaisseaux pirates.

La secrétaire a sonné le liftier.

— À propos, je n'ai pas vu le bureau de Maxime Collin.

— L'ascenseur est là, Monsieur, elle m'a prévenu d'une voix aussi avenante qu'une plaque de verglas.

XXII

Ma visite à Caretta n'avait pas été vaine.
Désormais, Boris avait un nom. En remontant
le boulevard, je me le répétais comme un de ces
refrains idiots qui aident à marcher au pas. Le
genre de scie que je n'ai jamais pu blairer.
Perdu dans mes pensées, je n'ai pas vu arriver
l'homme-sandwich qui arpentait le trottoir. Je
l'ai emplâtré devant la Tortue, la boutique de
luxe qui faisait commerce de gentilles bestioles,
exterminées pour le plaisir de richards amoureux de leurs écailles. Déséquilibré, le porte-ré-
clame a braillé plus fort que si je l'égorgeais.

— Tu peux pas lever la tête quand tu marches ?

Sur ses épaules, la pancarte vantait le confort
de l'hôtel de Moscou. Breton y aurait vu un
message. Midi approchait, j'ai décidé d'être infidèle à Gopian pour aller goûter à la cuisine
russe.

À Crimée, le Matriochka était toujours là où
me l'avait indiqué Franeck Czerovski. Avec la

même enseigne, la même poussière, mais pas le même propriétaire. Un calicot informait les passants qu'il venait de changer. Le nouveau ne s'était pas mis en frais pour la décoration. Sur les murs, des photos de l'ancienne Moscou jaunissaient dans leur cadre. Liquettes sans col et vestes usées, des clients silencieux arboraient leur débine comme un panache mité. Quelques casquettes de taxis accrochées au perroquet du vestiaire complétaient le tableau. L'endroit sentait le cornichon aigre-doux et la vie en miettes. J'ai commandé un chou farci et je me suis attablé près d'un gars à barbiche et petites lunettes. Le genre d'éternel étudiant qui usera ses falzars une vie durant sur les bancs de la faculté. Tout en mangeant, il contemplait l'échiquier posé sur sa table avec l'air de disputer une partie à un fantôme qui lui donnait du fil à retordre.

— Ce serait plus facile avec moi, j'ai dit en guise d'entrée en matière.

— Si c'est facile, ce n'est pas intéressant.

— Voilà si longtemps que je n'ai pas joué...

Il a déplacé son fou.

— La dernière fois, c'était il y a des années, ici même, avec un ami.

Il a avancé la tour de son adversaire imaginaire.

— Il venait souvent, mon ami.

Il a bougé son cavalier.

— Vous ne devriez pas, j'ai souri. Vous êtes mat en trois coups.

Le front soucieux, il a promené ses yeux sur l'échiquier.

— Pour quelqu'un qui n'a pas joué depuis des années, vous avez gardé la main, il a lâché de mauvaise grâce.

— J'ai un peu triché, je vous ai déconcentré.

Il a retrouvé le sourire.

— C'est vrai ! N'empêche, votre ami était un bon maître.

— Peut-être le connaissez-vous ? Maxime Collin…

— Ce nom ne me dit rien.

— Un grand chauve.

— Non, vraiment. On fait la revanche ?

Une demi-heure plus tard, il s'étirait en grognant de plaisir :

— Je dois y aller. À un de ces jours pour la belle.

Il a décroché une redingote élimée qui pendait au portemanteau.

— Et si je vois votre ami ?

— Dites-lui que Nestor l'attend. Il saura où me trouver.

Les clients étaient partis. Je suis resté seul avec le patron, un moustachu taciturne. Il s'est servi un verre de thé au samovar installé à sa table comme un hôte de marque.

— Les chauves, c'est pas ce qui manque, il a lâché en frottant son crâne rasé.

J'ai déposé un bifton près de mon assiette.

— On appelle ça faire chou blanc. Au moins, j'aurai goûté au vôtre.

En sortant, je me suis engagé dans le passage Cadin. Sur les pavés, mes pas résonnaient d'un écho décalé. Quand je me suis arrêté pour prendre ma pipe, il a paru se prolonger. Je me suis fouillé à la recherche d'allumettes. Elles étaient restées au Matriochka. J'ai rangé ma bouffarde et j'ai poursuivi mon chemin. Au sortir du passage, je me suis engouffré dans une cour d'atelier. Quelques secondes plus tard, le type est passé sans me voir. Devant la rue déserte, il a fait volte-face, perplexe.

— C'est déjà l'heure de la belle ? j'ai demandé.

Casquette en arrière, il avait toujours son allure d'étudiant attardé, mais avec quelque chose de faux dans le regard. Sous le bras, il serrait son échiquier, fermé comme une boîte à trésor. En un éclair, il l'a fait passer dans sa main droite avec le désir évident de me mettre mat pour de bon. J'ai évité l'angle aigu du coffret destiné à ma tempe. Mon pétard s'est blotti dans mon poing. Aussi sec, son petit œil noir a stoppé le gars.

— Vous êtes malade ! il a protesté, je rentrais tranquillement chez moi…

— Tu vois comme on peut se tromper. J'ai cru que tu avais essayé de m'estourbir.

— Et pourquoi je l'aurais fait ? Je vous connais à peine.

— Tu connais mieux Maxime.

— Voilà que ça vous reprend !

J'ai planqué mon pétard dans la poche de mon pardingue :

— Passe devant, on va chez toi !

On a cheminé à travers les ruelles en pente. De chaque côté de la chaussée étriquée, les bicoques de guingois se regardaient de plus près que deux bandes de myopes. À leurs pieds, la pluie de la veille avait laissé des mares sombres dans les ornières. Sous un porche, une vieille à cheveux jaunes rempaillait une chaise.

— C'est là, a dit mon guide à regret.

Sa mansarde donnait sur les toits. Un lit douteux, une chaise qui aurait eu besoin de la rempailleuse, une table portant broc et cuvette ébréchée, une malle, l'inventaire était vite fait.

— Et maintenant ? il a demandé en lorgnant la boursouflure de ma poche.

J'ai sorti mon rigolo. Ça ne l'a pas fait rigoler.

— Maintenant, tu t'assois sur le lit et tu me parles de Maxime.

Il a ôté sa gapette et il s'est exécuté. Je me suis posé sur la chaise dépaillée, le soufflant braqué sur sa poitrine.

— Maxime, je l'ai rencontré il y a environ six mois, au Matriochka. On a joué aux échecs, on a sympathisé. Qu'est-ce que vous voulez de plus ?

— Que t'arrêtes de te foutre de moi. C'est quoi le Matriochka ? Le rendez-vous des amis de Staline ?

— Vous êtes maboul ? La moitié des habitués a fui les pogroms, l'autre, le nouveau tyran. Rien que des types qui veulent qu'on leur foute la paix. C'est pour ça que je vous ai suivi. Les fouineurs n'amènent rien de bon.

— Mais si. Grâce à eux, on apprend des tas de choses. Tiens, toi qui parles du nouveau tyran, si je te disais que Maxime est un de ses potes ?

Ça lui en a bouché un coin. Il s'est dressé comme s'il avait avalé un ressort.

— Bouge plus ! j'ai ordonné, le pétard menaçant.

C'était un gars obéissant, je ne me souviens pas l'avoir vu remuer un cil. Pourtant, le jeton que j'ai encaissé sur la théière tombait bien de quelque part. Malgré le brouillard qui montait, j'ai pensé que l'étudiant avait un gentil camarade de classe derrière moi. Pour en avoir le cœur net, j'ai essayé de tourner la tête. Mon cou ne répondait pas.

— Comme Lema, j'ai articulé d'une voix que je ne connaissais pas.

Puis j'ai entendu le bruit sourd de mon pétard cognant le parquet. Quand j'ai voulu le ramasser, je me suis affalé. Étendu de tout mon long, j'étais incapable de faire un geste. Trop lourd pour me relever. « Le poids de mes défaites », j'ai songé. Je me sentais fatigué. J'aurais aimé dormir, mais je n'y parvenais pas. J'ai entrepris de compter les moutons sous le plumard. C'était difficile. Je me suis demandé ce qu'en pensait Trotski. Il était sous le lit, lui aussi.

— Poum ! il a fait, la barbiche en bataille.

Et j'ai sombré dans le coltar.

Je n'ai pas dû y rester longtemps. Quand j'en suis sorti, Trotski était toujours là. J'ai tenté de me lever, mais on m'avait ligoté. Un boulot bâclé par quelqu'un pressé de mettre les bouts, quelqu'un parti chercher du renfort avant mon réveil. Je n'ai pas eu à me contorsionner beaucoup pour dénouer mes liens. Mon pétard, lui, ne m'avait pas attendu. Il devait gonfler la poche d'un joueur d'échecs en vadrouille. En me redressant, j'ai ramassé Trotski sous le plumard. Un Trotski de papier dont la photo ornait la une d'un journal. Un canard trotskiste, histoire de rester dans le ton. Il publiait un article envoyé par le Vieux de son exil mexicain. La prose de l'ancien chef de l'Armée rouge n'était pas faite pour me retaper. Je lui ai préféré un encadré autrement plus marrant. « *Un* nouveau coup du Guépéou en plein Paris : Rudolf Klement a disparu. » Les lettres dansaient devant mes yeux. « Inquiets de l'absence prolongée du secrétaire de Léon Trotski, plusieurs camarades se sont rendus à son domicile. À l'exception de quelques effets personnels, les affaires de Klement se trouvaient toujours dans son appartement. Toutes les démarches entreprises aboutissent à une même conclusion. Sous couvert d'un départ soudain pour l'Espagne, cette disparition ne peut être qu'un enlèvement perpétré par Staline et le Guépéou pour préparer le procès du Poum et des "trotskistes" ».

J'ai empoché le journal. La malle de l'étudiant en contenait d'autres. Et des bouquins de la même eau. Chez un copain de Maxime, cette littérature était aussi surréaliste que la fameuse rencontre de la machine à coudre et du parapluie sur une table de dissection.

Je suis redescendu avec précaution. Sous le porche, la vieille aux chaises avait disparu. À sa place, un chien famélique pissait le long du mur. J'ai inspecté la rue. Elle n'offrait aucun abri susceptible de me servir de planque. Délesté de mon artillerie, j'ai résolu de ne pas moisir.

XXIII

— Il est l'heure de mon rendez-vous. Je ne repasserai pas ce soir, vous fermerez ?

Octave Bohman a coupé un des œillets qui ornaient son bureau, il l'a planté à sa boutonnière et, sans attendre ma réponse, il s'est éclipsé.

Tout le monde savait à quoi s'en tenir sur ses rencarts fleuris. Il continuait à donner le change, mais sa fleur au veston, c'était devenu comme un signal qu'il nous aurait envoyé sans le faire exprès. Depuis six mois, le patron folâtrait. Il fréquentait avec assiduité le chevet d'Antoinette Trufond, épouse de Louis Trufond, député radical de la Creuse. Dès que les affaires de sa circonscription contraignait l'élu du peuple à quitter la chambre, celle d'Antoinette recevait la visite enflammée d'Octave Bohman.

Sacré Tatave ! J'ai écouté son pas décroître dans l'escalier et j'ai ouvert son armoire à cognac. Une vodka aurait mieux convenu. Ma visite au Matriochka avait au moins confirmé une chose : je naviguais dans les eaux internationales. La mer y était agitée, mais la tempête, la vraie, ne faisait que s'annoncer. Jour après jour, les canards annonçaient le raz de marée. Après s'être goinfré l'Autriche, Hitler se préparait à avaler la Tchécoslovaquie. Pas en reste, Mussolini venait d'obtenir la bénédiction anglaise à son annexion de l'Éthiopie. En échange, il garantissait à la Grande-Bretagne la tranquillité de ses intérêts en Arabie Saoudite. Dans ce cloaque où les alliances contre nature n'étonnaient plus personne, j'avais décroché mon lot de méli-mélo. À ma petite échelle, celle de la piétaille sôulée au vent de l'Histoire.

Quitte à prendre une muflée, je préférais des trucs à ma portée. Je me suis rabattu sur la boutanche. J'en avais ma claque de l'incertain, des cagoulards qui n'en sont pas, des macchabées méconnaissables et des camarades caméléons.

— Caméléon Trotski !

Après avoir séché la demi-bouteille de trois étoiles, je n'étais plus à une vanne près. Tout bien réfléchi, celle-là n'était pas si mauvaise. Je me suis demandé si les vapeurs de l'alcool ne dissipaient pas mon brouillard intérieur. Je m'apprêtais à me jeter un nouveau godet derrière la cravate, quand le téléphone a grelotté.

— Nes ?

Au bout du fil, Corbeau paraissait guilleret :

— Dis donc, pour te choper, toi, c'est la croix et la bannière. Enfin, je te tiens, c'est l'essentiel. T'es assis ?

— Oui, j'ai fait, m'attendant au pire.

— La marchandise part à Barcelone.

— Qu'est-ce que tu racontes ?

— Comme je te le dis, mon vieux.

— Breton ?

— Non, son plan pouvait pas marcher. Retour aux vieilles méthodes.

Oubliées, les idées noires qu'il ressassait depuis des jours. Le Swami entrait en transe.

— Demain soir, au Palais du Travail. Les copains donnent un gala de soutien à l'Espagne. J'en suis, tu penses. Viens dans ma loge à l'entracte, je t'expliquerai.

— Oh, là, attends…

Il avait raccroché. J'ai composé le numéro de Breton. Il n'était pas chez lui. J'ai laissé un message.

— Oui, au Palais du Travail. Qu'il m'y retrouve demain à vingt heures. Dites-lui que c'est très important.

J'ai passé le reste de la journée à éplucher les journaux. Les articles sur le cadavre du canal commençaient à dater. En manque de nouveauté, les reporters s'étaient lassés. Préférant les valeurs sûres, ils en revenaient au procès d'Eugène Weidmann. Le tueur à gueule d'ange venait de faire appel à un nouvel avocat : maître Moro-Giafferi. Le monde était petit. Après avoir défendu les survivants de la bande à Bonnot, Landru et Dimitrov, accusé par les nazis d'avoir incendié le Reichstag, Vincent de Moro Giafferi épaulait la veuve de son ami Carlo Rosselli face aux assassins de son mari.

Mais le nom du magistrat m'était familier au-delà des gazettes. Boulimique du prétoire, il ne dédaignait pas les petites affaires à l'occasion desquelles il avait parfois recours aux services de l'agence Bohman. À plusieurs reprises, le patron lui avait déniché des informations judicieuses en faveur de ses clients. Ou contre leurs adversaires.

J'ai laissé Weidmann à l'ombre de la guillotine et j'ai relu les papiers consacrés à Pietro Lema. Aucun ne révélait que le corps n'avait pas été identifié. L'existence d'Aude Beaupréau n'était même pas mentionnée. À tout hasard, j'ai noté le nom du journaliste de *Paris-Soir* qui couvrait l'événement, un nommé Lucien Peillon, à la plume bien taillée. Puis j'ai décroché le bigorneau encore chaud de mes précédents appels. À la seconde sonnerie, la secrétaire d'Amédée Foucart m'a passé son patron. Malgré ses bonnes dispositions, il n'a pas été jusqu'à demander à quel bon vent il devait mon appel.

— Que puis-je pour vous ? il s'est enquis plus prudemment.

— Monsieur Foucart, à aucun moment, la presse n'a cité le nom de Mlle Beaupréau…

Je l'ai senti se raidir.

— Eh bien ?

— Ne vous méprenez pas. Je cherche à savoir si ce silence émane directement de la police…

— J'en suis à l'origine. J'ai sollicité la plus grande discrétion des autorités au sujet d'Aude. Ces messieurs ont convenu qu'il n'existait aucune raison d'étaler son nom en place publique.

— Et si cela faisait avancer l'enquête ?

— C'est une hypothèse que l'inspecteur Bailly n'a pas émise.

— Je parlais de mon enquête.

— Ne vous formalisez pas, cher Monsieur, mais ce n'est pas de nature à me faire changer d'avis.

J'ai eu envie de savoir ce qu'en pensait l'intéressée. Quand je suis arrivé boulevard Sérurier, un artiste en culottes courtes dessinait un cœur percé d'une flèche sur le mur du couloir. À chaque étage, son graffiti à la craie bleue ouvrait un coin de ciel dans la crasse du mur. Sur celui d'Aude, le salpêtre avait déjà rongé une moitié du dessin.

— Vous n'avez rien à faire ici !

Aude Beaupréau n'était plus la jeune fille inquiète que j'avais rencontrée quelques jours plus tôt. Son visage avait les traits des femmes que la vie s'est chargée de faner avant l'âge. Celles qui s'usent les yeux à coudre dix heures par jour, sous une mauvaise lumière, des robes qu'elles ne porteront pas. Les modélistes à domicile, ligotées à la tâche par les kilomètres de fil dévidé de leurs bobines. Celles qui s'esquintent dans les usines de chaussures. Les mécaniciennes aux tympans meurtris par le bruit des machines, les piqueuses de tige rivées à leur Singer, les gratteuses de cuir aux doigts esquintés. Les blanchisseuses aux chairs mordues par la vapeur. Les boyaudières de la Villette, nageant dans les entrailles encore chaudes des bêtes abattues. Toutes les recluses de fatigue qui doivent encore, le soir tombé, subvenir aux travaux domestiques, Aude les avait rejointes. Malgré ses mains blanches, malgré le pécule de papa qui assurait ses arrières, même si c'était provisoire et sans risque, pour un instant au moins, elle partageait leur sort.

— Partez, elle a répété d'une voix lasse.

Elle refermait sa porte. J'ai coincé l'huis avec le pied.

— Je suis venu vous proposer mon aide.

— Vous ?

190

— On s'est servi de moi, Foucart a dû vous le dire.

Elle a relâché la pression, j'ai poussé la lourde et je suis entré. Sous la lumière pâle qui tombait du plafonnier, la pièce paraissait encore plus poilante que lors de ma première visite. Le plumard ressemblait à un lit de mort fraîchement débarrassé de son occupant. La table sombre et les quatre chaises assorties faisaient le pendant avec l'air d'attendre celui qui ne reviendrait plus. L'endroit aurait filé le cafard à un régiment de boute-en-train. Au cas où ça n'aurait pas suffi, l'armoire à glace reflétait le décor comme une seconde couche de mouise étalée. Pourtant, le béguin aidant, Aude avait dû la trouver belle, sa cabane bambou. Avec la solitude, elle commençait à voir les choses différemment, mais elle s'accrochait. Un peu comme on se cramponne à une vieille poupée quand on grandit et qu'on se rend compte qu'elle est plutôt moche. À moins que sous ses dehors tendres, la môme n'ait eu le cuir plus dur qu'il n'y paraissait. En l'observant, je me disais qu'elle avait bien l'allure à rester là, contre vents et marées, juste parce qu'elle refusait de caler.

Je lui ai débité mon boniment en laissant de côté ce qu'elle n'avait pas besoin de savoir, et encore moins de répéter à la police. Je m'y suis repris à deux fois pour ne pas aborder la mort de Lema. Elle s'agrippait à un espoir, c'était pas à moi de lui faire lâcher. Le temps s'en chargerait.

La description de celui qui s'était fait passer pour son père ne lui évoquait rien. Celle de Maxime pas davantage. En revanche, elle persistait, le corps qui prenait le frais à la morgue n'était pas celui de son amant. Le tas de barbaque gonflé d'eau saumâtre qu'on lui avait sorti du frigo ne devait plus ressembler à quoi que ce soit, et pourtant elle en était certaine :

— Les mains de ce malheureux n'avaient jamais manié d'outils.

Elle avait dit ça avec une fierté farouche de veuve toute neuve. Comme une qui répéterait un rôle avant de se couler dedans. Un instant, j'ai tenté d'imaginer le souvenir que sa peau gardait des caresses et je me suis dit que ça l'aiderait à tenir le coup si j'avais l'air de comprendre. J'ai hoché la tête.

— Seriez-vous disposée à répéter vos propos à la presse si cela pouvait faire avancer l'enquête ?

— Certainement, mais en quoi ?

— Je ne sais pas encore, mais je pourrais être amené à vous le demander. M'autorisez-vous à jeter un œil ?

— Si cela peut être utile. Je vous préviens, la police l'a déjà fait.

J'ai exploré l'armoire, le buffet et le dessous

du lit. Pietro Lema n'était pas de ceux qui s'encombrent de souvenirs. Il avait changé de vie sans rien conserver de celle qu'il laissait derrière lui. J'ai passé en revue les bouquins rangés sur l'étagère. Hugo, Zola et Sue côtoyaient Marx et Rosselli. Je me suis attardé sur les aventures de Chéri-Bibi :

— Mon grand-père m'avait offert les mêmes.

Aude s'est approchée :

— Ceux-là, on les lisait à voix haute, le soir, en feuilleton. C'est dans le tome des *Cages flottantes* que j'ai trouvé ça, l'inspecteur a emporté le reste.

Elle m'a tendu une feuille arrachée à un carnet. Elle contenait les fragments d'un journal de voyage. J'ai reconnu l'écriture serrée que j'avais déjà vue sur les lettres trouvées chez Sam Korb.

« 3 mai 1937, Barcelone. Situation très tendue. Le gouvernement a décidé de reprendre le central téléphonique tenu par les anarchistes. Pour s'y opposer la population a dressé des barricades toute la nuit. Des hommes en armes sont postés sur les toits. Les échauffourées sont sporadiques mais violentes. Pendant qu'ici on se déchire, Franco poursuit son offensive.

4 mai. Les usines et les magasins sont en grève. Les commerces ont baissé leur rideau de fer. La CNT et le Poum tiennent les quartiers ouvriers. Plusieurs camions de gardes civils et de miliciens du Parti sont arrivés en renfort pour les déloger. Des tirs retentissent un peu partout. Ai aperçu M. à l'entrée d'une maison de Puerta del Sol, en compagnie d'un homme portant l'uniforme de la police.

5 mai. À la radio, les dirigeants des organisations syndicales ont appelé à l'arrêt des combats. Les tirs se poursuivent. On se bat au siège de la Généralité de Catalogne. La ville est en proie aux rumeurs. Le corps de Camilio Berneri a été retrouvé ce matin, lardé de coups de couteau.

6 mai. La rue sent la mort. Près du café Moka, ai rencontré George Orwell, le journaliste anglais. Il portait un brassard du Poum et un fusil Mauser du siècle dernier. Il défendait le Poliorama, un cinéma transformé en camp retranché. Il y a encore quelques jours, on y jouait Les Temps modernes, de Chaplin.

7 mai. La CNT lance un nouvel appel au cessez-le-feu. Une balle tirée des toits a touché le mur d'une épicerie, à quelques centimètres de ma tête. La confusion est totale. Les autorités accusent le Poum d'avoir tenté un coup de force.

8 mai. Le calme revient peu à peu. Les barricades sont désertées, des commerçants ouvrent boutique. Mille cinq cents hommes des forces d'assaut sont arrivés en renfort. Les arrestations

ont rempli la prison. Ai revu Orwell. S'apprêtait à remonter au front. Paraissait ébranlé. Il m'a montré L'Humanité *de la veille qu'il tenait d'un de ses confrères français. Notre journal écrit que « la tentative de putsch hitlérien a été vaincue à Barcelone ».*

9 mai. Notre départ est retardé. M. ne sera pas du voyage. Quand je demande la raison de son absence, on m'informe que sa mission n'est pas terminée. »

Le récit s'arrêtait net.

— Si ce papier peut servir, gardez-le, a dit Aude.

La lumière avait décliné, comme si le jour se hâtait de débarrasser le plancher. Il ne me restait qu'à en faire autant.

— Vous devriez vous changer les idées, j'ai dit. Rentrez chez vous quelques jours, allez voir Foucart, il vous aime bien.

Elle a eu un semblant de sourire :

— Je sais. Mais si je partais, ce serait comme si j'abandonnais Pietro.

Je l'ai laissée avant qu'elle ne me demande si je le croyais encore vivant.

XXIV

La môme et son chagrin m'avaient collé le
noir. Le soir qui tombait sur la zone n'était pas
fait pour l'arranger. Histoire de trouver du ré-
confort, j'ai poussé jusque chez Yvette. Elle
logeait au fond d'une cour, rue des Solitaires. À
deux pas de la rue Fessart où s'élevaient, jadis,
les locaux de *L'Anarchie,* le journal de Rirette
Maitrejean et Victor Kibaltchiche. Vingt-cinq
ans plus tôt, ils y avaient hébergé quelques-uns
des membres de la bande à Bonnot. Je me suis
attardé devant la baraque délabrée où s'étaient
réfugiés Raymond la Science et André Soudy,
le gamin malchanceux qui écrivait des vers et
que la presse allait baptiser « *l'homme à la cara-
bine* ». Il ne restait rien de leur passage. Depuis
longtemps, Rirette avait quitté le quartier. Kibaltchiche était devenu l'une des figures de la
révolution russe, sous le nom de Victor Serge.
Opposant à Staline, il avait goûté aux bagnes de
Sibérie avant de connaître l'exil.

J'ai longé la devanture de la chapelière qui tenait boutique au numéro vingt-huit. Peut-être était-ce là que Rirette venait choisir ses bibis ? Je me suis demandé si la Science et Soudy, avant d'avoir le cou tranché, s'étaient arrêtés, eux aussi, pour regarder les têtes exposées en vitrine.

La modiste est sortie installer ses volets pour la nuit. Elle m'a souri en me disant quelque chose sur le printemps qui revenait après le froid. Je lui ai rendu son sourire.

— *Rirette, te souviens-tu des Buttes-Chaumont, du parc ensoleillé, du pont suspendu et du lac peu profond ?*

— C'est joli. C'est de vous ? elle a demandé en accrochant son panneau de bois.

— Non, c'est trois vers de mirliton qui me sont revenus en mémoire.

— Ça ne fait rien, c'est joli, elle a répété. On dirait une chanson.

— Oui, celle qu'un pauvre môme a composée avant de monter à la guillotine.

J'ai soulevé mon bitos et je me suis éloigné.

La maison d'Yvette nichait dans une allée bordée d'un potager grand comme un mouchoir de poche. L'endroit avait des allures de jardin ouvrier en miniature. Avec des poireaux qui pointaient leurs feuilles hors de terre et les tuteurs qui attendaient leurs pois gourmands. J'ai gratouillé le grillage du lapin qui remuait le nez dans son clapier et j'ai tiré la sonnette. Yvette a ouvert, en trench-coat et talons hauts.

— Nestor ? Je m'apprêtais à sortir.

— C'est obligé ?

— Vous m'avez confié une mission.

— On va pas remettre ça. Si vous preniez votre soirée ?

— Et l'enquête ?

— Il est tard, elle attendra demain. J'ai besoin de quelqu'un pour soigner un coup de bourdon.

— Il y a des spécialistes pour ça.

— Arrêtez de chipoter. Vous voulez entendre quoi ? Que le quelqu'un c'est vous ? Eh bien voilà, c'est dit.

— Pas très bien, mais c'est déjà mieux.

— Mieux que quoi ?

— Que lorsque vous jouez les fiers-à-bras.

Elle a déboutonné son manteau et on est rentrés. Yvette avait hérité son pavillon d'un tonton ébéniste. Trois pièces, un atelier et un lapin. Un coin de paradis comme il en poussait au fond des venelles et des passages biscornus, à un jet de caillou des fortifs. Ça sentait bon la terre et les pavés, avec des bouffées de campagne qui s'échappaient des herbes folles. J'ai envoyé mon chapeau dinguer et je me suis affalé sur un bon gros fauteuil fatigué qui me tendait les bras. Yvette avait défait son trench-coat, sa robe décolletée a attiré mon regard.

— Costume de travail, elle a souri.

— Enlevez-le.

— Quoi ?

— Je voulais dire changez-vous. Vous êtes plutôt sexy là-dedans. Mais ce soir, j'ai pas envie de tralala. Juste de passer une soirée avec vous.

— Vous êtes incroyable, il ne vous viendrait pas à l'idée que je puisse choisir moi-même la manière de me vêtir et comment je comptais occuper ma soirée.

Elle avait l'air de m'assener une de mes quatre vérités. Je me suis demandé si elle avait changé à ce point ou si c'était moi qui n'avais jamais rien entravé. Je me suis arraché au fauteuil.

— Vous avez raison. Je tombe mal.

— Peut-être pas, après tout.

Le lendemain matin, je me remémorai son récit en dévorant mes tartines. Elle m'en avait appris des trucs, Yvette, durant la nuit. Pas seulement sur les femmes et mes idées toutes faites. Avec sa vue basse, elle avait déniché Maxime en trois coups de cuillère à pot, là où je m'échinais depuis des jours. Il lui avait suffi de faire causer Ginette. C'était simple comme chou, encore fallait-il prendre le temps. Ginette ne marchait pas à l'interrogatoire, les « où-quand-comment ? » qui tombaient comme des baffes la paralysaient. Il fallait lui tenir la conversation. Ne pas s'impatienter de ses à-côtés, la suivre en dehors des clous. Ce qu'elle aimait, c'est qu'on l'écoute. Qu'on fasse un peu gaffe à elle. Dans son turbin, c'était pas si fréquent.

J'ai trempé mon pain beurré dans le café. Une peau de lait est restée suspendue à la mie. Je l'ai regardée pendouiller et je l'ai avalée d'un coup de langue. Dans une cour, un coq s'est mis à chanter. On se serait cru un dimanche à la cambrousse. Yvette est sortie de la chambre en s'étirant.

— Déjà debout ? elle a bâillé, le cheveu en bataille.

Je lui ai servi son caoua :

— C'est du vrai. Pas comme votre poudre de perlimpinpin, là. C'est quoi ?

Sur la table, un bocal plein d'une poussière marron exhalait un lointain arôme de moka.

— Du café soluble. Ça vient de Suisse. C'est tout nouveau, je l'ai acheté à l'Uniprix de la place des Fêtes. Il suffit d'ajouter de l'eau bouillante.

— Et pour la goutte de calva, ça marche comment ?

Elle a fait une grimace qu'elle avait dû étudier devant son miroir. J'ai repris un jus :

— Je crois qu'on tient le bon bout.

— Grâce à mon histoire ?

— Entre autres. Quoique je ne comprenne toujours pas pourquoi Maxime a raconté ça à Ginette.

— Un coup de cafard ou pour l'impressionner. Les hommes, l'esbroufe, ça les valorise.

— Mouais…

La nouvelle qu'Yvette avait rapportée du bordel valait son pesant de cacahuètes. Maxime carburait au sang frais. Deux fois par semaine, il prenait sa dose aux abattoirs, un traitement prescrit par la faculté pour enrayer une anémie persistante. Mois après mois, les globules rouges du camarade Collin reculaient devant les blancs, au point de transformer sa formule sanguine en carte d'Espagne. Une pathologie devant laquelle les toubibs ne lésinaient pas. Ordonnance en poche, les malades étaient invités à s'abreuver de raisiné tout chaud aux égorgeoirs de la Villette. Le remède, vaseux, servait au moins à dépister ceux qui avaient le cœur sensible.

— Où puis-je téléphoner ? j'ai demandé

— Économisez le prix d'une communication. Les malades sont reçus aux abattoirs les lundi, mercredi et vendredi à sept heures.

— Yvette, un de ces jours, faudra qu'on s'associe.

— C'est une demande en mariage ?

— Je vous aime bien trop pour ça... Et j'ai quand même besoin de passer un coup de grelot.

Dans l'atelier, un bigo rutilant paradait près de l'établi. J'ai demandé le commissariat. Un fonctionnaire de police, respectueux des consignes, a vérifié que son chef pouvait prendre un appel avant de me le passer. L'inspecteur Bailly avait le ton morose :

— Tiens, vous êtes toujours en vie ?

— Non, c'est mon fantôme qui vous parle. Il vous échange des infos à venir contre un tuyau.

— Allez-y toujours.

— J'aimerais savoir ce qui fait tourner France Navigation...

— Ça vous intéresse, maintenant ?

— La boîte a du répondant.

— Lors de sa création, il y a un peu plus d'un an, elle détenait un capital d'un million de francs. Aujourd'hui, il doit monter aux alentours de vingt.

— Il vient d'où ?

— Bénéfices, argent soviétique, collectes de fonds, sociétés écrans, prélèvement sur l'or de la banque d'Espagne... On ne sait pas trop.

— C'est quoi, cet or espagnol ?

— Un dépôt de cinq cents tonnes expédié à Moscou fin trente-six pour le mettre en sécurité. Les achats d'armes de la République sont payés là-dessus, Staline ne fait pas de cadeau. Pourquoi ces questions ? Vous en êtes arrivé à mon hypothèse ?

— Je suis arrivé nulle part, je cherche.

— Et votre information ?

— Je vous ai dit qu'elle était à venir. J'ai encore besoin de quelques jours. À propos, vous êtes allé voir Caretta ?

— Oui.

— Et alors ?

— Rien.

— Si on jouait franc jeu ? Je suis capable de comprendre que vous gardiez vos infos.

Il a émis un grognement d'ours mal léché :

— Un petit flic de quartier ne peut pas toujours en obtenir.

La tonalité a indiqué qu'il avait coupé court. Je ne l'ai pas laissé refroidir le téléphone avant d'appeler Breton. Cette fois, il était chez lui.

— On m'a transmis votre message. Quel est ce rendez-vous si important auquel vous me conviez ?

— Corbeau répète un nouveau tour : les armes s'envolent.

— Hein ?

— Avec trois bouts de ficelle et deux abraca-
dabras. Je crains le pire. Mais je voulais surtout
vous demander de me mettre en contact avec
vos amis trotskistes. Je ne peux plus faire un
pas sans marcher sur quelque chose qui m'y ramène.

— Ils ne sont pourtant pas si nombreux.

— Justement, c'est ce qui m'intrigue.

— Je ne garantis rien, ils ont des raisons
d'être méfiants.

— Dites-leur que ça concerne Klement.

— Vous avez appris quelque chose ?

— Flairé, plutôt, si ce qu'ils écrivent sur sa
disparition est fiable.

— Je ferai le nécessaire.

J'ai raccroché. Dans le living, Yvette avait
posé un disque sur le phono. Elle a remonté la
mécanique d'un tour de manivelle énergique.

— Si vous avez encore des coups de fil à passer, profitez-en. Demain, les téléphonistes sont
en grève.

— Ça fera une moyenne, Daladier a décrété
l'évacuation des usines.

« *Monsieur, monsieur, vous oubliez votre cheval...* »

Dans sa galette de cire, Charles Trenet tournait sur le gramophone comme un lutin facétieux.

— Vous pourriez peut-être m'expliquer où vous en êtes ? a suggéré Yvette.

— Maxime m'a tout l'air d'avoir des identités multiples. C'est sans doute la raison de son anémie. Ce doit être crevant d'endosser autant de personnalités. Il me fait engager pour une enquête bidon. L'année d'avant, on le croise en Espagne en compagnie de celui qu'il m'avait chargé de retrouver. Il semble y remplir une mission suffisamment confidentielle pour ne pas en avoir soufflé mot à son ami. Et pour finir, bien qu'il paraisse dévoué à la glorieuse Union soviétique, il côtoie certains de ses ressortissants qui sentent le fagot…

« … *vous nous menez en bateau c'est normal, mais vous n'êtes pas amiral.* » Le fou chantant continuait d'agiter le phonographe. J'ai pointé l'index en l'air, façon swing.

— Yvette, y a que Trenet pour vous remettre les idées en place !

— On lui reproche plutôt le contraire.

— Les gens ne comprennent rien à rien. À part vous et moi.

Le phono s'était tu. On a pris la relève sur le lit en hurlant « *Boum, quand votre cœur fait boum* ». C'est le coq qui nous a réveillés. Je me suis levé d'un bond.

— Merde !

— Vous êtes si romantique, a gémi Yvette.

205

J'ai enfilé mon pantalon à la hâte.

— On a raté le rencart !

— Ne vous affolez pas, c'est Coco.

— Hein ?

— Le coq du père Loupart. Il est déréglé.

Ma tocante marquait cinq heures. D'après le soleil, c'était celles de l'après-midi. Yvette a rigolé.

— Depuis le Front populaire, il chante n'importe quand.

Je l'ai regardée sans comprendre.

— Le 3 mai 36, quand le résultat des élections a été proclamé, Belleville s'est embrasée. D'un seul coup, il y a eu des lampions partout. Et des pétards, et des feux de Bengale. C'était beau. Ça courait, ça chantait. Rue Rébeval, la marchande de farces et attrapes a distribué la moitié de son magasin. Elle ne voulait même pas qu'on la paie. Les mômes repartaient les bras chargés de fontaines lumineuses. Tout le monde s'embrassait. La rue entière était comme un bal-musette. Avec des drapeaux aux fenêtres, des rouges, des tricolores, et des accordéons aux carrefours, sur les places, jusque dans les ruelles. Par-dessus le bruit, la musique et les rires, on entendait sauter les bouchons de mousseux. Et ça ne voulait pas s'arrêter. Le père Loupart avait passé la soirée à décorer l'arbre de sa cour avec des guirlandes électriques. À minuit, il les a allumées. Toutes les branches ont resplendi. C'était magnifique, comme une immense toile d'araignée incandescente. C'est ça qui a détraqué Coco. Devant tant de clarté, il a cru que le soleil s'était levé. Il s'est mis à chanter, à chanter… Au début, les gens ont rigolé. Et puis, ils ont fait silence pour l'écouter. L'arbre de lumière et Coco qui le saluait, c'était comme un jour nouveau. Quand Coco s'est tu, la rue l'a applaudi. Depuis, il chante un peu n'importe quand. Mais personne ne lui en veut. C'est notre coq.

XXV

On a mis le cap sur le Palais du Travail dans
le parfum des lilas qui tombait des hauteurs.
Rue des Cascades, une bande de mômes armés
d'épées de bois nous a dépassés en poussant des
cris d'Indiens. Ils ont dévalé la pente plus vite
que s'ils avaient le diable aux trousses. Arrivés
aux escaliers qui surplombent la rue des Couronnes, ils se sont laissés glisser sur la rampe
comme sur un toboggan. On s'est arrêtés sur le
belvédère pour les regarder filer tout en bas des
marches. Dans le soir naissant, on avait Paris à
nos pieds. J'ai allumé une pipe et on a poursuivi
la descente.

En débouchant rue de Belleville, on s'est
trouvés illico dans le sens du courant. C'était pas
la peine de demander où il menait, la foule d'un
meeting se repère au premier coup d'œil. Une
nonchalance affectée, mêlée d'un petit air d'importance pour signifier que la rue est à nous et
qu'on est là pour quelque chose. On se salue

avec des grosses poignées de main et on lance un peu fort des phrases bien senties, capables de faire entendre à la galerie qu'on est dans le coup.

Bras dessus, bras dessous, Yvette et moi, on a accordé nos pas à ceux des autres. On formait une petite troupe, heureux de marcher ensemble, sans une ni deux, comme des compagnons sur le trimard. La tête pleine du concerto de godillots qui montait crescendo avec les brodequins des terrassiers raclant le pavé, les croquenots des débardeurs, en soutien, et toutes les grosses tatanes prolétaires qui attaquaient le sol.

Le quartier, il en avait vu passer des défilés, des cortèges et même des enterrements, ceux qui déplacent le populaire au Père-Lachaise avec les œillets rouges, les oriflammes et le tambour. Le rassemblement de ce soir n'était rien à côté. Pourtant, ceux qui déboulaient au Palais se sentaient la force de décrocher la lune. Peut-être parce qu'à mille bornes de là, sur une terre sèche de trop de soleil, des pareils à eux tiraient leurs dernières cartouches.

Au théâtre, on se serait cru à une générale. À cinquante mètres de l'entrée, la queue encombrait le trottoir, débordant sans retenue sur la chaussée. Dans le hall, c'était la cohue. On a eu tout le temps de détailler le programme. Maurice Baquet, du groupe Octobre, Fréhel, venue en voisine, Michel Simon... Yvette en restait baba.

— Michel Simon ? Celui de *Boudu sauvé des eaux* ? De *Drôle de drame* ?

— Ça vous étonne ? Il a ses idées, comme tout le monde.

Breton nous a rejoints alors qu'on franchissait les portes. J'ai fait les présentations. Yvette a retiré ses lunettes rapidos. Breton s'est incliné. Il avait beau vouloir changer la vie, et le monde en prime, les trucs pour séduire, il les larguerait pas de sitôt. Le regard flou d'Yvette sans ses carreaux, il était bien capable de lui trouver des reflets étranges, à son goût. J'ai ramené tout le monde sur terre.

— Vous avez pu me décrocher un rendez-vous ?

— Nos amis rendront leur réponse demain, ils veulent encore en discuter. Ils ne vous connaissent pas et ils ont déjà subi plusieurs tentatives d'infiltration.

— Faudrait quand même pas qu'ils palabrent jusqu'à la saint-glinglin.

— Vous ne semblez pas les apprécier.

— Je crois surtout que leur Trotski, il se la joue belle de son exil. Quand il tenait le manche, il faisait pas dans la dentelle.

Breton n'a pas répondu. J'ai pris les billets et on s'est frayé un chemin jusqu'à la loge de

Corbeau. Quand on a poussé la porte, il essayait de dissuader Michel Simon de s'allonger sur la planche à clous. L'acteur ne voulait rien entendre.

— Voyons, je ne crains rien, il y a un truc, n'est-ce pas ? Et si je me blesse, Mademoiselle ne me laissera pas me vider de mon sang. Mademoiselle… comment, déjà ? Lucia ? Lucia, je suis certain que vos mains seront d'une douceur extrême à mon corps meurtri…

Dès qu'on est entrés, l'interprète de *L'Atalante* a reluqué Yvette.

— Une autre Grâce ! Mais combien ce théâtre en cache-t-il ? Approchez, mon enfant !

Soudain, il a vu Breton :

— Décidément, je suis le jouet d'hallucinations. Maître…

Breton a fait son petit sourire faussement modeste tandis que le comédien récitait :

— *Ma femme au sexe d'algues et de bonbons anciens, ma femme au sexe de miroir…*

Une sonnerie a retenti, invitant les spectateurs à gagner leur place. Michel Simon a virevolté, il a salué très bas, après quoi, il a pincé le menton d'Yvette en fredonnant :

— Elle est épatante, cette petite femme-là…

Et il s'est éclipsé.

— Il est toujours comme ça ? a demandé Yvette.

Lucia a allumé une cigarette.

— Aujourd'hui, il a l'air un peu fatigué.

J'ai attaqué le sujet du jour.

— Alors, ce plan ?

— Reviens à l'entracte, a proposé Corbeau. Pour le moment, il faut que je me concentre, ça va être à nous. Mais te tracasse pas, on tient le bon bout. T'avais raison, la Cagoule, elle s'est décagoulée. Plus de nouvelles. Par contre, j'en ai des copains. Ça va chauffer…

On a laissé les artistes se préparer et on s'est dirigés vers la salle. Sur la scène, un petit bonhomme aux cheveux ras terminait son speech. Je me suis penché à l'oreille d'Yvette :

— Allez vous installer, je vous retrouve.

Un portrait géant de Buenaventura Durruti, le héros libertaire, descendait des cintres. Avant qu'il ne soit en place, le public entonnait *Ay Carmela*, l'hymne des anars ibériques. Le petit homme aux cheveux ras a rejoint les coulisses. Quand il m'a aperçu, son visage s'est éclairé :

— Pipette !

— Louis, il n'y en a plus beaucoup pour m'appeler comme ça !

Il m'a reluqué comme si j'étais toujours le môme qui avait débarqué chez lui, douze ans plus tôt, les poches vides et le bec enfariné. En un éclair, j'ai revu l'imprimerie du *Libertaire*,

Sacco et Vanzetti, Lebœuf dans son bric-à-brac et le visage d'une petite bonne que je n'avais jamais oubliée[1]. On s'est donné l'accolade.

— Tu n'as pas changé, Louis, j'ai dit sans le penser vraiment.

Il a levé les yeux au ciel :

— Ce n'est quand même pas pour raconter des âneries que tu es ici.

Je lui ai tendu la page arrachée au carnet de Lema :

— Le gars qui a écrit ça a passé le goût du pain. J'ai besoin d'en savoir davantage sur les événements de Barcelone. Je me suis dit que Louis Lecoin était incollable sur le sujet.

Il a sorti ses lunettes et il a parcouru le feuillet.

— Ton gars a décrit la situation. Staline soutient la République comme la corde soutient le pendu. Il n'a qu'une peur, c'est qu'elle lui échappe. Pour éviter ça, il l'a placée sous perfusion militaire. C'est facile, l'URSS est la seule à livrer autant d'armes. Son aide est devenue vitale. Staline s'en sert pour accroître l'influence du Parti. Il a placé des hommes aux postes clés, dans l'armée, la police. Il a même réussi à se faire confier les réserves d'or de la banque espagnole. C'est comme une nasse qui se referme. À présent, il tente d'éliminer tout ce qui n'est

1. *Voir les Brouillards de la Butte*, Folio Policier n° 405.

pas dans la ligne. Les troupes que le Parti ne contrôle pas ne reçoivent plus un fusil. Quand ça ne suffit pas, on passe à la manière forte. C'est ce qui s'est passé à Barcelone. Pour discréditer les anarchistes et le Poum, les staliniens les ont accusés d'avoir lancé, contre la République, une offensive commanditée par Franco. Tu aurais dû lire la presse, c'était gratiné. Dans la foulée, des milices sont descendues rétablir l'ordre. Et quel ordre ! Les combats ont fait cinq cents morts. Berneri, dont parle ton type, fait partie de ceux qui ont été liquidés. D'autres ont été arrêtés. Leur jugement devait ouvrir une vague de procès dans le plus pur style de ceux de Moscou, mais la mayonnaise n'a pas pris. Pas encore...

Lecoin m'a rendu le journal de Lema :

— Il faut que j'y retourne, n'attends pas dix ans avant de revenir.

Il m'a embrassé et je l'ai regardé s'éloigner avec l'impression que ma jeunesse foutait le camp avec lui.

XXVI

J'ai rejoint Yvette et Breton. Sur la scène, un trio de guitaristes flamenco terminait un morceau à faire saigner les doigts. Ils sont sortis comme trois matadors quittant l'arène. L'éclairagiste a dessiné un cercle de lumière sur le rideau et elle est entrée. Bouffie, la démarche hésitante, habillée au décrochez-moi ça. Une poivrarde.

— Salut les mômes, elle a beuglé.

Le silence s'est fait. Épais, gêné. Elle s'est accrochée au micro.

— Et alors, Belleville, j'entends rien, y a personne dans c'te turne ?

Un rigolo y a été de sa vanne :

— On est au bar, tu veux boire un coup ?

La matrone se l'est pas fait dire deux fois.

— Ça m'étonnerait que t'aies assez de ronds pour me rincer la dalle, elle a répliqué. J'ai le gosier en pente.

Derrière elle, les musicos s'installaient. J'ai

pas eu besoin que le projo fasse scintiller le sourire du guitariste pour reconnaître Milou. Son pote Privat, l'accordéon pendu à la poitrine comme une cartouchière, s'est avancé. Avec douceur, il a écarté la gravosse qui tanguait.

— J'suis sûr qu'y a des hommes dans la salle, il a lâché du haut de ses dix-huit piges. Ils vont applaudir la grande Fréhel !

C'est parti au quart de tour. On s'est levés en frappant dans nos mains comme pour un rappel. Un chevelu a scandé le nom de la dame et tout le monde l'a repris en cadence. Sur la scène, dans le rond de lumière, Marguerite Boul'ch, dite Fréhel, avait fermé les yeux. Oubliés l'alcool, la coco et la débine. Elle était redevenue la reine noire qui foutait le feu aux music-halls en poussant la goualante des paumés et des filles de rien. On a vu remuer ses lèvres. Les bravos ont décru. La star déjetée chantait a capella, d'une voix à flanquer la chair de poule au dernier des bandits :

— ... *Où est-il mon moulin d'la place Blanche, mon tabac et mon bistro du coin, tous les jours pour moi c'était dimanche, où sont-ils les amis, les copains ?*

Fréhel a enchaîné chanson sur chanson. Elle nous tenait aux tripes, bien serrés, sans nous laisser souffler. Sa dernière, elle l'a dédiée à Franco :

216

— *Ohé, les copains, v'nez vous rincer la gueule, ce soir je suis toute seule, il est mort ce matin.*

Elle est sortie de scène sous un déluge de bravos. Guitare brandie, Milou brillait de tous ses chicots. En quittant les planches, Jo a levé le poing. C'était duraille de prendre la suite. Le calme revenu, Corback s'y est collé. Il a entamé son numéro dans une indifférence à peine polie. La malle des Indes, la morte-vivante, il a sorti le grand jeu sans parvenir à calmer le brouhaha qui s'était installé.

— Et maintenant, il a annoncé d'une voix sépulcrale, nous allons procéder à un numéro d'hypnose qui requiert la plus grande attention.

Il a baladé un pendule devant les mirettes de Lucia. De temps en temps, il lui disait que ses paupières devenaient lourdes et la môme jouait de la prunelle. Au bout d'un moment, elle a paru lointaine, l'œil fixe et la voix monocorde quand elle répondait à ses questions.

— Êtes-vous parmi nous ?

— Oui, oui, elle faisait, mollement.

— Lucia, je vais descendre dans le public et vous interroger. Êtes-vous prête ?

— Oui, oui…

Corbeau a enjambé la rampe et il s'est approché d'un spectateur du premier rang. Il lui a demandé son portefeuille. Le type le lui a remis, un peu gêné. Corback en a extrait une carte d'identité.

— Vous m'entendez, Lucia ?

— Oui, oui...

— Je ne vous demanderai pas le nom de Monsieur. Nous sommes dans un endroit où se sont certainement glissés quelques indicateurs de police...

La salle s'est marrée.

— Pouvez-vous me dire, Lucia, la date de naissance de Monsieur ?

— 28 novembre 1905.

Corbeau s'est tourné vers le gars.

— Est-ce exact ?

— Parfaitement.

Corback a vérifié sur la carte d'identité.

— 28 novembre 1905. Confirmé par la préfecture... s'il ne s'agit pas de faux papiers...

Des applaudissements ont retenti. Corback a remis ça avec une spectatrice, quelques rangs plus loin.

— Lucia, pouvez-vous me donner, non pas l'âge de cette personne, mais son prénom et le lieu de sa naissance.

— Léonie... Léonie est née à Courbevoie.

La femme a approuvé, déclenchant de nouveaux bravos. Quand Corbeau s'est approché du troisième spectateur, le brouhaha avait cessé.

De là où nous étions placés, je ne voyais pas le quidam à qui le Swami réclamait son larfeuille.

— Ah ! Monsieur ne souhaite pas me confier son bien. Il n'a peut-être pas tort.

Des rires ont fusé.

— Lucia, pouvez vous m'indiquer la profession de ce monsieur dont nous respecterons l'anonymat ?

Dans le faisceau des projos, Lucia a hésité.

— C'est difficile, j'en vois plusieurs...

— Monsieur a sans doute changé de profession, choisissez la dernière.

— C'est difficile, elle a répété. Tout est rouge...

— Peintre en bâtiment ? a suggéré Corbeau.

— Non... C'est du sang.

— Monsieur est boucher ?

— Je vois une scie, une hache. Du sang, encore du sang.

Je ne distinguais toujours pas le gus. Lucia a poursuivi.

— Un corps... Décapité... On lui tranche la tête... Elle roule sur le sol... Le sang gicle. Partout du sang. Sur le cadavre... L'homme chauve... Il est entouré de cadavres...

— Merde ! Maxime !

J'ai bondi par-dessus les fauteuils, écrasant des arpions, cabossant des badas, bousculant tout sur mon passage. Dans l'allée, Corbeau va-

cillait, le turban en goguette. Parmi les spectateurs debout, j'ai repéré la place vide. Et au
fond de la salle, sous le panneau « sortie », la
porte battante. Je me suis rué dans le hall.
Trois gars grillaient une clope. D'autres refai-
saient le monde près des tables de presse. Dehors, les réverbères peignaient la nuit en gris.
Les feux arrière d'une auto s'éloignaient vers
Ménilmontant.

Au théâtre, l'entracte avait sonné. J'ai retrouvé Yvette et Breton dans la loge de Corbeau. Ils entouraient Lucia, allongée sur un
divan de fortune.

— Ça va, ma poule ?

Les narines pincées, Lucia revenait à elle.
Corback lui rafraîchissait le front avec un mouchoir humecté d'eau de Cologne :

— Je comprends pas. Notre tour, c'est de la
frime. Je me sers de mes questions pour lui
communiquer ce que je lis sur les papiers des
spectateurs. Comme un code, quoi. Lucia dé-
crypte au quart de seconde. Les gens n'y voient
que du feu.

— Mais le type a refusé de te donner son portefeuille…

— Ça arrive. Dans ces cas-là, on improvise.
On noie le poisson, souvent le gars finit par filer
une indication. Là, rien. Je pige pas. Lucia a
peut-être fait un genre de cauchemar éveillé. Le

tour est épuisant pour les nerfs. Il exige une concentration très forte...

Je me suis agenouillé près de Lucia.

— Vous avez vu le meurtre, pas vrai ?

— J'étais sur la scène et pourtant je flottais dans une pièce couverte de sang... Le corps mutilé... la tête grimaçante... C'était horrible.

— L'homme décapité, vous pourriez le reconnaître ?

Elle s'est mise à trembler.

— Je voudrais l'oublier.

J'ai sorti la photo de Pietro aux Six Jours.

— Au centre, là, c'est lui ?

Elle a examiné l'image.

— Non.

Yvette s'est interposée.

— Nestor, elle a subi un choc.

J'ai insisté.

— Lucia, je vous demande une chose pénible mais essayez de décrire le visage cet homme.

— Laisse tomber Nes !

Le ton de Corbeau n'avait rien d'amical. Je me suis redressé.

— L'assassin était à deux pas de toi. Elle peut nous aider à le retrouver...

Corback a couvert sa compagne qui grelottait.

— Elle a besoin de se reposer !

Ça m'a mis en pétard. J'ai quitté la loge. Lucia avait eu une vision et Corbeau ne trouvait rien de mieux que de jouer les nounous ! J'ai bourré ma pipe et j'ai arpenté le couloir. La voix de Michel Simon montait de la scène. Il disait un poème de Prévert.

— *Je te salue, geai d'eau d'un noir de jais que je connus jadis.*

J'ai repensé à Corbeau au chevet de sa chérie et ma rogne est tombée. Comme je regagnais la loge, Breton a ouvert la porte. Il était aussi pâle que Lucia :

— L'homme au cou tranché... son visage...

— Eh bien ?

— C'est celui de Klement.

XXVII

— Lucien Peillon, je vous prie ! Oui, c'est encore moi. Voilà trois fois que vous me passez un service qui n'est pas le bon. C'est le bordel à *Paris-Soir*. Vous ne savez pas où vous rangez vos journalistes ?

La standardiste a fini par localiser le reporter chargé de l'affaire du canal. À l'annonce de mon scoop, il s'est mis à piaffer comme un jeune bourrin. Pour autant, il n'était pas prêt à galoper n'importe où.

— Vous dites que le corps n'est pas celui de Pietro Lema. Moi, je veux bien vous croire, mais j'ai besoin de quelque chose d'un peu plus solide. La police n'a jamais rien laissé filtrer.

Je lui ai balancé l'adresse d'Aude :

— Je viens de l'avoir. Elle est d'accord pour vous parler, mais allez-y mollo avec elle, c'est une chic fille.

— Comptez sur moi.

— Dès que votre article sera paru, campez à

la morgue. Vous n'aurez pas trop à poireauter avant la nouvelle séance d'identification.

Il a toussé comme un fumeur qui ne quitte jamais sa cibiche :

— Vous savez qui est le mort...

J'étais tombé sur un rapide de la comprenette.

— Je vais pas tout vous mâcher.

Il s'est marré.

— Je ne vous en demande pas tant. Continuez juste à me réserver l'exclusivité de vos infos, je me charge du reste.

— Un dernier mot. Aude Beaupréau croit que son ami est toujours vivant. Ne brisez pas son rêve.

— D'ac... Attendez... Si le corps n'est pas celui de Lema...

Il a retoussaillé.

— ... Ça veut dire qu'il est mort, lui aussi ?

— Gardez le silence là-dessus et je vous promets un autre tuyau. En attendant, faites gaffe au tabac...

Il a rigolé.

— Faites attention de votre côté. Ça fait dix minutes que vous me parlez avec une pipe dans la bouche. Je l'entends d'ici.

C'était le bon cheval.

— Ah ! Mes enfants, quelle aventure ! J'espère que vous ne me faites pas commettre de folies...

Le monocle de traviole, Bohman se frottait les mains comme s'il venait de remporter un marché.

— Maître de Moro-Giafferi accepte de vous recevoir. J'ai mis tout le poids de l'agence Bohman dans la balance.

Yvette a froncé les sourcils :

— Il pouvait difficilement refuser de renvoyer l'ascenseur. Depuis le temps que vous lui fournissez des renseignements sur ses adversaires...

— Ceux de ses clients, nuance. Tous les grands cabinets d'avocats font appel à des assistants spécialisés. C'est une fierté pour notre maison que de figurer parmi les prestataires d'un tel ténor du barreau. Et qui plus est, un homme d'honneur.

J'ai resserré le nœud de ma cravate.

— Qui sait si mon histoire ne va pas lui offrir une nouvelle tribune ?

— Je souhaite surtout qu'elle ne nous conduise pas à réclamer son secours.

— Je vous l'ai dit, patron, je vous garantis une réclame qui laissera les concurrents sur place.

Il a rajusté son monocle :

— Tout cela semble si incroyable. Et vous affirmez que cet inspecteur...

— Bailly.

— ... vous couvre ?

— Tout est bordé.

Bohman a poussé un soupir résigné. Je lui ai fait un clin d'œil. En voulant me le rendre, il s'est emmêlé les cils dans son lorgnon. J'ai regardé ailleurs quand il est reparti, la paupière coincée.

Yvette a pris sa tête de taupe en rogne :

— Bordé ! Vous êtes culotté de lui raconter de pareils bobards. Il a toujours été correct avec vous. Et cette fois, particulièrement. Apprendre dans quel mic-mac vous vous étiez fourré, il aurait pu vous jeter. Au lieu de ça, il vous ouvre la porte de Moro.

— Arrêtez ! Il est ravi. Il a rajeuni de vingt ans. Ça ne pouvait pas mieux tomber, cette agence avait besoin d'un grand bol d'air frais.

J'ai ouvert la fenêtre.

— Le monde a besoin d'un bol d'air frais !

— À la place de vos lieux communs, dites-moi pourquoi vous persistez à penser que Lema est mort puisque le cadavre est celui de Klement...

— Un train peut en cacher un autre.

— Hein ?

— Dans les gares, un panneau rappelle que le train qui passe peut masquer celui qui arrive en sens inverse. Pour les macchabées, c'est du kif.

— Le kif, vous êtes sûr que vous n'en avez pas fumé ?

— Voilà un moment que l'idée me trotte dans la tête, mais c'est Chéri-Bibi qui me l'a confirmée.

— Qui ?

— Chéri-Bibi, le héros de Gaston Leroux. C'est dans *Les Cages flottantes*, un de ses bouquins qui traînait chez Aude, que j'ai trouvé l'extrait du journal de Lema. Son carnet de voyage en Espagne. Depuis le début, tout se rapporte à l'Espagne. Pietro et Maxime sont à Barcelone en mai 37. Juste au moment où l'URSS décide d'épurer tout ce qui n'est pas dans la ligne. À Barcelone, justement, Staline monte une grosse provoc. Ses agents inventent un complot de toutes pièces pour mieux rétablir l'ordre. Et ils s'en donnent à cœur joie. Emprisonnements, disparitions...

— Vous ne croyez pas que vous vous laissez emporter ?

— *En Catalogne, l'épuration des éléments trotskistes et anarchistes est commencée. Cette œuvre sera menée avec la même énergie qu'en URSS.*

— Qu'est-ce que vous chantez ?

— Un extrait de *La Pravda*. Il date du 17 décembre 37. Je l'ai trouvé chez Samuel Korb, avec une lettre de Pietro.

— Et vous en déduisez quoi ?

— Que Lema n'a pas eu de pot. Il vole au secours des républicains et il se retrouve aux avant-postes d'une grande purge.

— Il n'a pas dû être le seul.

— Non, mais lui, il voyageait avec Maxime. Un gars dont la mission est si confidentielle qu'il ne figure même pas sur les photos de famille.

— Si vous arrêtiez de parler par énigmes...

— Quand les flics m'ont alpagué, après le saccage du restau de Gopian, Bailly m'a montré une photo prise à bord du *Beluga*, un des navires chargés du transport d'armes russes. On y voit Lema, Caretta et Kolmov, son alter ego soviétique. Ils posent pour un cliché souvenir ou un truc du genre. Maxime est à l'arrière-plan. Dans l'attitude caractéristique de celui qui passait au moment où le photographe appuyait sur le déclencheur. La mise au point est réglée sur les trois autres. Lui, il est flou, comme s'il avait voulu se reculer en voyant l'objectif.

— Conclusion ?

— Contrairement à ce que prétend Caretta, Maxime n'était pas chargé de la sécurité des cargaisons, mais de quelque chose de beaucoup moins officiel. Ce que confirme la page de carnet retrouvée dans *Les Cages flottantes*. À Barcelone, après les combats, Pietro apprend que Maxime n'est pas du voyage de retour. Quand il en demande la raison, on l'informe laconiquement que sa mission « *n'est pas terminée* ». Une réponse qui n'a pas dû le satisfaire. Et pour cause. Pietro a vu quelque chose qu'il n'était pas censé voir. Quelque chose qui concerne Maxime.

— Et on l'aurait assassiné un an plus tard pour l'empêcher de révéler ce qu'il taisait depuis tout ce temps ?

— Là, j'avoue que le bât blesse.

— Dommage, votre roman était bien parti. Du Gaston Leroux pur jus. Au fait, *Les Cages flottantes*...

— Eh bien ?

— Ne me dites pas que vous avez oublié ?

— Oublié quoi ?

— Dans le roman, Chéri-Bibi se fait greffer le visage d'un autre homme.

— Fatalitas !

XXVIII

Avant Moro, je n'avais rencontré qu'un seul ténor du barreau. Il roucoulait derrière ceux de la Santé. Surnommé Double-croche, il s'était fait cravater alors qu'il perçait un coffre-fort en chantant à tue-tête. Une mauvaise manie qu'il avait contractée à fréquenter les concerts. Fou de bel canto, il ne ratait jamais une soirée à l'Opéra. Il amortissait son billet d'entrée en détroussant les douairières pâmées devant Chaliapine. À force, l'habitude lui était venue de pousser la ritournelle en turbinant. Un contre-ut délicat l'avait empêché d'entendre arriver les cognes, intrigués par les vocalises sortant d'une maison vide de ses proprios.

Double-croche aurait fait un client idéal pour Vincent de Moro-Giafferi. L'avocat prisait les personnages hors normes autant que les bons mots. Les siens lui avaient valu plusieurs plaidoiries célèbres. Celle qu'il avait entonnée au procès Landru figurait dans les anthologies.

Devant l'impossibilité de retrouver la moindre trace des victimes de son client, Moro avait apostrophé le procureur : « *L'époux d'une quelconque des disparues peut-il se remarier ?* avait-il demandé. *Non ! La loi s'y refuse, faute d'une certitude matérielle du décès. Alors, au nom des lois qui nous régissent, ne nous accusez pas d'avoir tué des femmes qui ne sont pas mortes !* » Une génération de greffiers et d'étudiants en droit se racontait l'histoire à la veillée. Mais le petit homme rond qui me tendait la main était aussi celui qui avait défendu avec courage Eugène Dieudonné, accusé à tort d'avoir participé aux hold-up de la bande à Bonnot. Alors que la foule réclamait la tête de l'anarchiste, l'avocat avait lancé aux jurés : « *l'opinion publique est parmi vous, chassez cette prostituée qui tire le juge par la manche* ».

— Installez-vous.

Tandis que Moro s'asseyait derrière son bureau, j'ai pris place dans le fauteuil de cuir qu'il me désignait. J'ai essayé de ne pas songer à Bohman en le voyant ajuster son monocle. Il s'est éclairci la voix, il a agité les avant-bras comme s'il relevait les manches de sa robe, puis il s'est enquis de la santé de mon patron.

— Comment se porte notre ami ?

— Bien, je vous remercie, et je vous remercie de m'avoir reçu, je sais que votre temps est précieux.

— Ne le gâchons pas. Vous vous intéressez à l'affaire Rosselli ? Soyez sûr que nous établirons la culpabilité des meurtriers et leurs liens avec le régime de Mussolini.

— Pour être tout à fait exact, je m'occupe des intérêts d'un homme qui a été en contact avec le mouvement des Rosselli.

Il s'est penché au-dessus de son bureau.

— Cela a-t-il un rapport avec leur assassinat ?

— Je l'ai envisagé. Aujourd'hui, je ne le crois plus. Le nom de Pietro Lema vous est-il familier ?

— Hormis ce malheureux qui a défrayé les gazettes... Le cadavre du canal, le mort sans tête... Les journalistes s'en sont donné à cœur joie.

— Précisément...

— Lema ? Pietro Lema était en contact avec les frères Rosselli ?

— Pas exactement, mais leurs chemins se sont croisés. Maître, vous avez pris position pour le soutien à la République espagnole...

Il a ôté son monocle et il s'est mis à le balancer au bout de son fil.

— J'ai en effet signé un appel, avec plusieurs de mes confrères, ainsi que des personnalités du monde des sciences, des arts et des lettres... Pourquoi cette question ?

— Lema œuvrait, lui aussi, à la cause espa-

232

gnole. Il participait aux livraisons d'armes à la République, au sein de la compagnie France Navigation.

Je me suis interrompu. Il m'a fait signe de poursuivre :

— Je n'ai jamais caché mes convictions. J'ai plaidé pour des militants persécutés en Europe. Je n'ignore rien de ce que les gens informés savent sur France Navigation. Continuez.

— Ce que Pietro Lema a vu en Espagne a ébranlé ses idéaux, jusqu'à provoquer la rupture avec son parti.

— La situation est affreusement complexe

— À son retour en France, Lema s'est rapproché du mouvement des frères Rosselli, puis des anarchistes.

— Bien qu'il leur gardât son estime, Carlo s'en était éloigné.

— Je sais. Mais dans l'itinéraire des Rosselli et celui de Lema, on retrouve le même homme : Camilio Berneri.

— Soyez plus clair.

— En 36, Carlo Rosselli rassemble des volontaires italiens pour combattre en Espagne. Ils rejoignent la colonne libertaire d'un autre Italien, Camilio Berneri. Le 5 mai 1937, Berneri trouve la mort lors des journées de Barcelone. Lema est sur place à ce moment-là, il le relate dans son carnet de voyage. Quelques jours plus tard, il adressera à l'un de ses amis, à Paris, une lettre et une coupure de presse qui s'y rapporte.

J'ai sorti la lettre trouvée chez Samuel Korb.

— Voici ce qu'écrit Lema : « *Au train où tombent les têtes, la révolution n'aura bientôt plus d'autres amis que ses bourreaux.* »

— Cela reste très allusif.

— C'est la raison pour laquelle je suis ici.

— Je crains de ne pas vous suivre.

— Maître, je crois que Pietro Lema a été témoin d'événements qu'il n'avait pas à connaître. Et que la mort de Berneri en fait partie. Vous étiez un ami de Carlo Rosselli. Savez-vous si, après son retour d'Espagne, il était resté en contact avec Berneri ?

— Cher Monsieur, je découvre avec vous un sujet que, jamais, Carlo n'a abordé avec moi.

— Accepteriez-vous d'intercéder auprès de son épouse afin qu'elle vous confie la correspondance que son mari et Berneri auraient pu échanger ?

Moro avait remis son monocle. Il m'a examiné comme il devait le faire avec les jurés avant de décider s'il les récusait.

— Si cette correspondance existe et si elle n'a pas été saisie par la police aux fins de l'enquête, oui.

XXIX

« *Qui est le cadavre du canal ?* »

La question s'étalait en encre grasse à la une de *Paris-Soir*. Lucien Peillon n'avait pas traîné.

« *Rebondissement dans l'affaire du mort sans tête. Le cadavre repêché quai de la Marne n'a toujours pas été identifié. En exclusivité dans Paris-Soir, la compagne de Pietro Lema témoigne : le corps qui repose à l'institut médico-légal n'est pas le sien.*

Alors que la police donnait pour certaine l'identité de la victime, les révélations d'Aude Beaupréau relancent une enquête que d'aucuns pensaient proche de son dénouement. Et soulèvent de nombreuses interrogations sur celui qu'il est désormais convenu d'appeler le mort mystérieux. »

La suite était de la même encre. Le journaliste était promu à un bel avenir, je ne donnais pas vingt-quatre heures au macchab raccourci pour éclipser Weidmann.

Comme pour me le confirmer, le téléphone s'est mis à grelotter.

— Breton à l'appareil. Nos amis acceptent de vous rencontrer. Rendez-vous dans une demi-heure aux Buttes-Chaumont. Ils nous attendront sous le pont suspendu.

— C'est parti !

Bohman contemplait le bigophone comme s'il s'agissait d'une œuvre d'art.

— Vous connaissez vraiment André Breton ?

— Si je vous racontais...

Yvette s'est accoudée au burlingue, façon star :

— M. Breton est un homme si charmant...

— Comment, vous aussi ?

— Hé ! Vous n'employez pas n'importe qui. À ce propos, je voulais vous parler de mon salaire...

— Une autre fois, Yvette, une autre fois, a fait Bohman en essuyant son monocle. L'heure tourne, ne vous mettez pas en retard.

Tandis qu'on se dirigeait vers la sortie, il a soupiré :

— Il faudra changer deux ou trois bricoles, ici. Nos bureaux ont besoin d'un petit coup de printemps.

Le printemps, c'est un drôle d'oiseau qu'il avait ramené aux Buttes. Un migrateur venu de

Russie, via le Matriochka. Dès qu'il m'a aperçu sous le pont suspendu, il a quitté son banc.

— Lui ! il a fait, le bec ouvert.

— Tu me le retires de la bouche, j'ai dit.

— Vous vous connaissez ? a demandé Breton, étonné.

— On s'est rencontrés autour d'un échiquier. Puisqu'on est de la revue, je pourrais peut-être récupérer mon soufflant...

Seul, l'éternel étudiant m'aurait sûrement volé dans les plumes. Mais les deux birbes qui l'accompagnaient n'avaient pas des tronches à goûter les débordements. Ils avaient l'air aussi marrants qu'un duo d'entomologistes s'apprêtant à vous raconter la vie des hannetons.

— C'est lui ! a repris le joueur d'échecs. C'est le flic dont je vous ai parlé.

Il a zieuté alentour comme s'il s'attendait à voir surgir une nuée de poulets des buissons. Breton a rassuré les deux autres du regard. Le plus grand a montré l'allée.

— Marchons !

On a longé le lac.

— Je m'appelle Pierre, a poursuivi celui qui avait tout du chef. Que savez-vous de Rudolf Klement ?

Son pote, court sur pattes, essayait d'accorder ses pas aux nôtres. On aurait dit un teckel derrière son maître.

— Et pourquoi recherchez-vous Maxime ? il a questionné pour pas être en reste.

— De Klement, je sais une chose : le cadavre attribué à Pietro Lema est probablement le sien. Je suppose que vous avez lu *Paris-Soir* ?

— Oui.

— Et que vous êtes allés à la morgue ?

— Oui.

— Vous confirmez ?

— Oui.

— Eh bien, je crois que Maxime est l'assassin.

— Un flic ! Comment peut-on écouter un flic ?

L'étudiant ne m'appréciait pas à ma juste valeur. Nous arrivions au Pavillon du Lac, le chef lui a signifié de se taire.

— Arrêtons-nous quelques instants, a proposé Rase-bitume.

J'avais déjà repéré une chouette table, mais « Pierre » m'a pris par le bras.

— Laissons nos amis se rafraîchir et faisons quelques pas !

On s'est éloignés, sa main serrant mon bras. En passant sous les frondaisons de l'avenue Michal, j'ai réalisé que je n'avais pas récupéré mon pétard. J'ai palpé ma poche. Pierre a souri.

— Ne craignez rien, Mikhaïl vous le rendra tout à l'heure. Ne lui en veuillez pas, il a toutes les raisons d'être nerveux.

238

— Au point d'avoir le jugement brouillé ?

— Pourquoi accusez-vous Maxime ?

On arrivait au lac. À travers les branches, le soleil jouait à cache-cache. Quand il s'est posé sur mon compagnon, sa fatigue m'est apparue en pleine lumière. Dans son imper froissé, un cache-col usé autour du cou, il semblait ne jamais avoir quitté l'hiver. J'ai essayé de l'imaginer sur le sein d'une femme. Ça ne marchait pas. J'ai pensé que sa révolution ne devait pas être bandante tous les jours et j'ai vidé mon sac.

Quand j'ai eu fini, il a gardé le silence. J'ai embouché ma pipe :

— Vous n'aviez jamais soupçonné Maxime de vous infiltrer ?

Il a regardé ses souliers fatigués.

— J'ai eu des doutes juste avant la disparition de Klement. Malheureusement il était trop tard. Pauvre Klement. Le jour de son enlèvement, il devait m'apporter des informations en provenance d'Espagne.

— Quel genre ?

— Des documents relatifs à la mort d'Andres Nin et à celle de plusieurs de ses camarades.

— Nin, celui du Poum ? Je le croyais en froid avec vos idées.

— Vous voyez les choses trop simplement. Au-delà de nos divergences, nous affrontons les mêmes réalités. Connaissez-vous les « checas » ?

— Non.

— Ce sont des prisons clandestines. Les Espagnols les ont baptisées ainsi, en référence à la Tchéka. On y enferme ceux qui menacent l'influence des Soviétiques, sans distinction d'étiquette croyez-moi... Nin était détenu dans une de ces checas quand il a disparu.

— Disparu ?

— Après les journées de Barcelone, son arrestation, et celle de ses camarades, annonçait le déclenchement d'un procès semblable à ceux de Moscou. La presse aux ordres s'est déchaînée pour présenter les accusés comme des espions à la solde de Franco. Mais pour faire bonne mesure, il manquait une chose : des aveux. Nin n'en a jamais signé aucun. Le 18 juin, ses geôliers l'ont transféré à la prison de Valence. On suit sa trace jusque-là. Ensuite...

— Ensuite ?

— Plus rien. Nous avons de bonnes raisons de penser qu'il a succombé à une séance d'interrogatoire musclé. Pour justifier sa disparition, le Parti a fait courir les bruits les plus stupides. Les amis de Nin l'avaient enlevé, il avait trouvé refuge en Allemagne... Un matin, une inscription a fleuri sur les murs de Barcelone, une question : « *Où est Nin ?* » Elle a été effacée, mais elle est revenue, toujours la même. Tant que son corps n'aura pas été retrouvé, elle restera sans réponse.

— Pensez-vous que Klement ait pu être supprimé à cause des informations qu'il s'apprêtait à vous transmettre ?

— Comment savoir ? Staline élimine à tout va. Même ses proches ne sont plus à l'abri.

— Vous n'avez pas fait rechercher votre camarade ?

— Par la police ? Si, nous l'avons prévenue. Le surlendemain, nous recevions une lettre que Klement avait, soi-disant, postée de Perpignan. De quoi brouiller les pistes. Il était pourtant évident que le texte avait été rédigé sous la contrainte.

— Vous êtes bien sûr de vous.

— Nous ne vivons pas sans nous entourer de précautions. Klement avait émaillé son courrier de signes que le Guépéou ne pouvait pas déceler. C'est comme s'il nous disait : ne croyez pas ce que j'écris.

Le Pavillon du Lac était de nouveau en vue. Assise près du rase-mottes, Yvette rigolait autant qu'à une réunion de cellule. Breton et Mikhaïl causaient de l'avenir du monde. On a pris place à leur table.

— Le masque est tombé, a résumé Pierre. Nous ne reverrons plus Maxime.

— Son nid doit être vide, j'ai dit, à supposer qu'il y ait jamais habité. J'aimerais quand même y faire un tour.

Pierre a regardé Mikhaïl. L'étudiant s'est tortillé sur sa chaise comme un mauvais élève à l'heure de la leçon.

— 30, rue Tandou, il a fini par réciter, de mauvaise grâce.

J'ai rappelé mon pétard à son bon souvenir. L'œil mauvais, il l'a glissé sous la table. Après quoi, les trois hommes se sont levés. Un bref salut et ils se sont éloignés.

J'ai entrepris de bourrer ma pipe :

— Eh bé, la lutte finale n'est pas une partie de plaisir.

Le soleil déclinait, allongeant l'ombre des grilles sur le sol. Breton a frissonné :

— Un grand vent de fête est passé, les balançoires se sont remises en marche.

La paille d'Yvette a fait un drôle de bruit au fond de son verre d'orgeat.

XXX

Chez Maxime, on ne sabrait pas souvent le champagne. La dernière sauterie qu'avait connue la piaule déserte remontait à un mois. C'est du moins ce que suggérait le numéro de *L'Huma* oublié dans un coin. Le reste — une table poussiéreuse, un tabouret et un lit de camp aux draps sales — sentait l'adresse de passage et n'avait rien à m'apprendre. Le voisinage non plus. Il se résumait à une vieille, plus sourde qu'un pot, et à un nuiteux des abattoirs qui pionçait durant la journée. Ni l'un ni l'autre ne se souvenait de celui qui avait occupé la carrée mitoyenne. Je les ai quittés pour aller prendre des nouvelles de Lucia.

Rue d'Aubervilliers, les Pompes Funèbres avaient sonné l'heure de la sortie. Une nuée de croque-morts obscurcissait l'horizon comme un gros nuage noir. Au beau milieu des trombines lugubres, j'ai vite repéré Corbeau. Hilare, il se gondolait à s'en éclater la rate. Quand il m'a aperçu, il est venu à ma rencontre.

— Figure-toi qu'on vient d'enterrer Pipo, il a dit en s'essuyant les yeux.

— Qui ça ? j'ai demandé

— Pipo, tu sais bien, le nain de Médrano. Le clown... Bepo et Pipo, un très grand et un tout petit.

— Possible... Et alors ?

— Pipo était malade. Depuis un moment, il se savait perdu. Il avait demandé à être enterré dans son costume de clown.

— C'est plutôt triste.

Corbeau a repiqué à la rigolade.

— Tu peux le dire.

Sur le trottoir, deux ménagères à cabas se poussaient du coude devant le croque-mort plié de rire.

— Pour la mise en bière, on avait préparé un cercueil d'enfant, rapport à la taille. Quand il l'a vu, Bepo a fait la moue. « Pas de ça, qu'il me dit, Pipo était un grand clown. Il lui faut une boîte à la mesure de son talent. » Pas de problème, j'y dégotte une caisse de rupin, doublée satin, poignées bronze, longueur un mètre quatre-vingts.

— Je vois toujours pas...

— Rappelle-toi ! Pipo faisait son numéro avec des chaussures immenses. Des pompes à musique. Quand il marchait, ça cornait plus fort que la trompe d'un tacot. Dès qu'on a fermé la boîte, on a pigé l'erreur. Pipo, dans ce grand cercueil, il ballottait. À chaque fois que les porteurs faisaient un pas, ses pieds venaient cogner la paroi. Tout le long du chemin, ses godasses ont fait pouet-pouet. Au début, on a fait comme si on n'entendait rien. Et puis, dans l'assistance, y en a qui n'ont pas pu se retenir. Ça a commencé par des sourires gênés. Au caveau, tout le monde se marrait. On entendait les éclats de rire par-dessus le mur du cimetière.

On arrivait rue Curial, Corback a repris son souffle.

— Bepo s'est approché du trou en pleurant des grosses larmes rire et chagrin. Il a retiré son petit chapeau d'auguste et il a dit : « *Pipo t'étais vraiment un grand clown.* » La rigolade a redoublé. On a entendu des bravos, un ou deux d'abord, puis les applaudissements ont éclaté sur la tombe. Putain, Nes ! Pipo aurait été jouasse. Il l'a pas ratée, sa sortie.

Sur le palier, Corbeau riait toujours.

— Lucia ! il a lancé en entrant, Nes s'inquiète de ta santé.

J'ai repéré un déshabillé chiffonné sur le fauteuil.

— J'ai l'impression qu'elle a récupéré.

— La transe, mon vieux, ça vous prend sans prévenir.

— Avec tout ça, on a pas eu le temps de parler des armes.

Il a débouché la boutanche qui traînait sur le buffet

— Ah, les armes... Faut qu'on les arrose. Lucia ! Viens prendre un petit Cinzano, ma poule.

— Elles sont où ?

— T'es bien assis ?

— Je suis pas sûr...

— Les flingots, mon vieux, tu devineras jamais. Ils sont...

Il ressemblait à un gamin qui ramène un cendrier en nouilles pour la fête des pères.

— ... dans les cercueils !

Je l'ai regardé à deux fois pour être certain qu'il se foutait pas de moi.

— Joue pas les rabat-joie, Nes. On part après-demain. Deux corbillards chargés jusqu'à la gueule. Au comité Espagne, Lecoin nous a trouvé un douanier qui regardera pas ce qu'on trimballe. Et tu sais pas le plus beau...

— Me dis pas qu'il y a autre chose.

Il rayonnait.

— Si ! On a deux macchabs en couverture !

— Quoi ?

Il a rempli trois verres d'apéro :

— Y en a qui donnent leur corps à la science. Pourquoi y en aurait pas qui le filent aux anars ?

— Enfin, Corback, c'est des morts. T'as piqué des morts ?

— Je te jure qu'une fois arrivés on leur fera un enterrement de première classe.

Je suis resté coi. Corbeau a levé son verre.

— À la santé des mortibus !

Il a biglé la porte de la chambre.

— Lucia, tu roupilles ? Viens trinquer !

Lucia ne répondait pas. Corback a reposé son guindal.

— C'est-y pas qu'elle nous ferait une ron-flette hypnotique ?

Il est parti vers la piaule sur la pointe des pieds.

— On va réveiller la médium, il a chuchoté.

J'ai pensé qu'avec un loustic de son acabit, les deux allongés allaient pas s'ennuyer sur le chemin de Barcelone. Je trempais les lèvres dans mon Cinzano quand le hurlement m'a glacé le sang. C'était comme le cri d'une bête blessée. Un de ceux qu'on entend dans les égorgeoirs. Mais ce gueulement-là, tout écorché de souffrance, c'était Corbeau qui le poussait.

J'ai bondi dans la chambre. Sur le lit défait, Corback serrait le corps inanimé de sa compagne.

— Elle est morte, il a sangloté. Ma Lucia est morte.

XXXI

— Décidément, il ne fait pas bon vous côtoyer.

L'inspecteur Bailly refermait son calepin. Sur le trottoir, des gardiens de la paix écartaient les badauds.

— Je suppose que vous confirmez la déposition de votre ami ? a demandé Bailly tandis que deux flics sortaient un brancard du panier à salade.

— Quand je l'ai rencontré, il terminait sa journée. Il venait d'enterrer un clown.

— Un clown ?

— Ben oui, ça meurt aussi. On est rentrés ensemble. Quand il est allé réveiller Lucia, elle était morte.

— Elle se réveillait souvent à l'heure du dîner ?

— Avec son boulot...

— Son boulot ?

— Elle faisait du music-hall. Hypnose, transmission de pensée... Elle avait un numéro avec Corbeau.

— Corbeau ?

J'ai levé la tête vers l'appartement où les pandores emballaient le corps de Lucia.

— Depuis vingt ans qu'il est croque-mort, on l'a toujours appelé comme ça.

— Vos fréquentations ne sont pas banales.

— Y a pas que des flics sur terre.

Les brancardiers redescendaient. On s'est écartés pour les laisser passer. Sur la civière, Lucia était recouverte d'une pèlerine. Quand ils l'ont enfournée dans le car, je l'ai revue sous son linceul de théâtre. Avant que les portes ne se referment, j'avais sauté dans le bahut.

— Le gros drap, ça lui irrite la peau, j'ai dit sans réfléchir.

J'ai ôté la pèlerine et j'ai déposé mon pardess sur le corps nu. Deux pandores m'ont prié de descendre, ils ont tiré les portes et le convoi s'est s'éloigné dans un requiem de pin-pon.

Bailly m'a tendu son tabac.

— Si vous les aidiez davantage, les flics, ils pourraient peut-être éviter des saletés pareilles.

Les badauds se dispersaient. On a fait quelques pas vers la voiture où l'attendait son collègue.

— Le papier de *Paris-Soir*, ça vient de vous, n'est-ce pas ? a demandé Bailly.

— Je vous l'avais dit, j'avais besoin de vérifier quelque chose.

— Il vous serait pas venu à l'idée de m'appeler ?

— Qu'est-ce que ça aurait changé ?

Il s'est assis près du chauffeur :

— J'en sais rien, peut-être qu'on ne m'aurait pas retiré l'enquête.

Il paraissait si désabusé que je n'ai pas su quoi répondre.

— La politique, il a continué, c'est trop chaud pour un flicard d'arrondissement.

Dans la rue, des curieux s'attardaient. J'ai senti leur regard se coller à mon dos quand je suis remonté chez Corbeau.

Effondré dans le fauteuil, il chialait sur le déshabillé de Lucia. Je lui ai sorti ce qui me venait. Les trucs qu'on raconte dans ces moments-là et qui ne servent à rien. De toute façon, il ne m'écoutait pas. Je lui ai tendu la boutanche. Il l'a sifflée au goulot. Le trop-plein de liquide coulait le long de son menton en se mêlant aux pleurs. Ça faisait comme un ruisseau sale qui débordait sur sa chemise. Quand la bouteille a été torchée, il m'a fait signe d'ouvrir le buffet. Le deuxième litron a subi le même sort. Le voir ingurgiter tout ce machin sucré m'écœurait plutôt, avec du raide, il se serait fini plus vite. Entre deux goulées, il a surpris mon regard.

— Elle aimait ça, le Cinzano, Lucia, il a bredouillé.

Il a replongé dans la picole. Quand il a laissé tomber la bouteille vide, ses yeux étaient vitreux. Ça m'a été plus facile de le décider à bouger.

— Où qu'on va ? il a bafouillé.

— Chez Yvette, on va s'occuper de toi.

— Et Lucia ? il a demandé, le pif morveux.

— On ira la voir demain.

Il a reniflé.

— Faut que je prenne mon matériel.

Il a titubé jusqu'à l'armoire et il s'est affublé de son turban.

— Corback…

— Tu comprends, Nes, il a soupiré, si j'ai pas mon matériel, je pourrai pas la faire revenir.

Le taxi nous a déposés rue des Solitaires. J'ai réveillé Corbeau qui ronflait et je l'ai remorqué dans l'allée sous l'œil narquois du chauffeur.

— Oh ! Un lapin, il s'est étonné en passant devant le clapier. C'est moi qui l'ai fait apparaître ?

Je l'ai rattrapé comme il allait se répandre dans les poireaux.

— Bien sûr, Corbeau, c'est toi.

Yvette nous a ouvert. Elle a froncé les sourcils en voyant l'état du Swami. Je l'ai affranchie en vitesse avant qu'elle ne commette une bourde.

— Entrez, elle a dit d'un ton maternel que je lui connaissais pas.

À l'aube, je quittais le pavillon, direction la Villette. Laissant les Buttes au sommeil, je suis descendu vers l'avenue Jean-Jaurès. La rue se réveillait lentement. Dans le petit jour blême, les bruits se détachaient du silence comme à regret. Un volet qui claque, le crochet d'un chiffortin dans les poubelles, la première livraison du laitier, la toux d'un fumaillon sur le chemin de l'usine, une péniche, au loin, sur le canal. Et là-bas, vers la carcasse métallique des abattoirs, l'appel inquiet des bêtes.

Sous l'œil inquisiteur du Grand Architecte de l'univers, j'ai dépassé le restau des Compagnons du Devoir. Plus loin, la maison Bellynck — tout pour l'équarrissage et les salaisons — vantait le tranchant des hachoirs Barthélemy, référence d'un coutelier facétieux au saint patron des louchébems. Là, entre les halles et le canal, s'étendait le royaume de la grande boucherie. Celui des maquignons, rouges de trogne, des bouviers à la carrure de taureau, des tueurs, aux mains plus larges que des massues, et des asticots, commis des basses besognes, qui faisaient leurs classes le sommeil au coin de l'œil. Près des boutiques de tripes et de carcasses, des vendeurs de soupe mêlaient l'odeur de l'oignon à celles du suif et du vin aigre.

J'ai gagné la bâtisse qui abritait le pavillon

des malades. Sur ses flancs, une pissotière glou-gloutait. Je me suis posté derrière et j'ai attendu, la pipe à la bouche, le flingue en poche. Vers la demie de six heures, les premiers arrivants se pointaient comme des fantômes malingres. Une troupe exsangue de souffreteux, tubars et leucémiques en tout genre. À sept heures, un type en blouse grise a ouvert la porte. Après avoir jeté un regard soupçonneux aux certifs médicaux, il a introduit les prétendants au verre de sang. À huit heures, la lourde se refermait sur le dernier patient, un homme maigre au visage terreux. Maxime n'était pas venu. Je me suis dirigé vers le pavillon et j'ai actionné la sonnette.

— Vous avez un certificat ?

Le préposé à l'accueil avait le ton de celui à qui on la fait pas.

— Non, je venais chercher un ami. Un grand chauve. Vous ne l'avez pas vu ?

— Tiens, c'est vrai, il n'est pas venu aujourd'hui.

Il s'est effacé pour laisser ressortir le type au teint de terre et il a repoussé la porte.

— Vous y avez pas droit ?

— Pardon ?

Une goutte de sang au coin des lèvres, l'homme me scrutait, la mine fiévreuse.

— Ils ont pas voulu vous laisser entrer ? C'est qu'il faut un papier du docteur. Remarquez, si vous l'avez pas, c'est pas mauvais signe pour autant.

Je m'apprêtais à tourner les talons.

— Moi, il a continué, je viens tous les deux jours depuis trois mois. Ça me fait rien. Je sais bien ce que j'ai, allez. C'est la pyrite.

Ses yeux étaient cernés de noir à en faire peur. J'ai détourné les miens.

— Je travaillais aux fours à pyrite, à Aubervilliers. À force de respirer les vapeurs de soufre, je me suis mis à cracher le sang. Pour m'en refaire du neuf, je viens boire celui des chevaux. Mais j'y crois pas beaucoup. Et vous ?

J'ai eu envie de lui mettre un peu de baume au cœur.

— Ben, jusqu'à présent pas trop, j'ai répondu. Mais je viens d'apprendre que le type avec qui j'avais rencard a fini sa cure. Guéri. Il est guéri.

Une lueur de vie est passée dans ses calots vitreux. Il a eu un sourire douloureux et il est parti, flottant dans des fringues aussi usées que lui. J'allais l'imiter quand le crâne de Maxime est apparu au bout de la rue. Un crâne brillant dans la lumière matinale. Un crâne énergique, comparé à celui des pauvres bougres qui battaient la semelle quelques instants plus tôt. J'ai reculé jusqu'à la pissotière. Maxime a tiré la sonnette et la blouse grise est revenue aux infos.

— Vous êtes en retard...

— Désolé.

— Vous avez raté votre ami à deux minutes près.

À travers la vespasienne, j'ai vu Maxime tiquer.

— Quel ami ?

— Celui qui devait venir vous chercher, un gars avec la pipe au bec.

Il s'est retourné et son regard perçant a embrassé la rue. Je me suis fait tout petit derrière la tasse.

— Vous entrez ? a demandé le préposé.

Ils ont pénétré dans le bâtiment. Quelques minutes plus tard, Maxime en ressortait. Il a inspecté le secteur, l'air préoccupé, et il a pris vers le canal. Je lui ai emboîté le pas.

Dans la rue, l'animation battait son plein. Des chevillards surveillaient un chargement de viande. Une bande de bouchers se hâtait vers la halle en parlant des prix du veau. Maxime leur a laissé le trottoir. J'ai ralenti. Dans un bruit de moteur encrassé, le bahut d'un miroitier remontait de Romainville, deux miroirs accrochés à ses flancs. Quand il est passé, il a reflété la rue dans sa longueur. Moi avec. Dans la glace, je me suis vu au milieu de la chaussée, comme un touriste sur une photo. Ça n'a pas duré plus de quelques secondes. Le camion a poursuivi sa route, emportant mon reflet, mais pour Maxime, c'était suffisant. Troublé par la perspective mouvante, il ne m'a pas localisé tout de suite. Je me suis mis à couvert sous un étal de barbaque. Je ne m'étais pas plus tôt planqué derrière un demi-bœuf que le premier coup de feu claquait. J'ai senti la praline rentrer dans la bidoche. Deux gars se sont demandé ce qui explosait.

— Couchez-vous ! j'ai crié avant la seconde salve.

Les bouchmans se sont aplatis comme des patineuses sur la glace. Trois nouvelles bastos ont secoué le broutard. La quatrième a percé la marmite d'un marchand de bouillon. Le jus chaud a arrosé la viande comme un gigot sorti du four.

Sur la chaussée, de gros maquignons qui se gonflaient d'importance quelques minutes avant, se marchaient dessus pour se foutre à l'abri. Un tripier a dérapé sur un morceau de lard qui traînait. Il a valdingué au milieu de ses abats. Le trottoir était jonché de foies, de rates et de cervelles. Avec des gros bouts de mou qui tremblotaient. Des trucs pleins de veinules et de caillots. J'aurais jamais pensé qu'on puisse bouffer tout ça. J'avais sorti mon feu, mais dans ce bordel, riposter c'était la bavure assurée. Je suis resté tapi un moment et le silence s'est fait. Maxime avait mis les voiles. Je me suis redressé prudemment. Avec ses paquets de barbaque répandus, la rue ressemblait à un Soutine. J'ai tâté la chair froide de mon demi-bœuf persillé de plomb.

— Le farci aux pruneaux, une spécialité Nestor.

XXXII

« *Nouveau rebondissement dans l'affaire du mort sans tête.*

Le cadavre du canal a été identifié. Selon nos informations, il s'agirait de Rudolf Klement, un jeune Allemand vivant à Paris. Connu dans les milieux politiques, il avait exercé les fonctions de secrétaire auprès de Léon Trotski, opposant au régime soviétique, aujourd'hui exilé au Mexique. Pour les proches de la victime, qui ont formellement reconnu son corps, cet assassinat est l'œuvre du NKVD, le service secret russe. Alors qu'une nouvelle série de procès s'achève à Moscou, la mort mystérieuse de Rudolf Klement s'inscrit-elle dans une chasse à l'homme déclenchée par le Kremlin ? »

Peillon n'avait pas lâché son os. Le reporter de *Paris-Soir* prenait un plaisir évident à faire cavaler ses concurrents. Dans sa foulée, tous les canards tartinaient sur le raccourci du canal. Au fond de sa cellule, Eugène Weidmann devait l'avoir mauvaise. S'il voulait revenir à la une, il ne lui restait plus qu'à trucider quelques-uns de ses codétenus. Qui sait ? Peut-être le bel Eugène rêvait-il à un président d'audience refroidi qui lui ferait regagner l'intérêt des journalistes.

Weidmann n'était pas le seul que les révélations de Peillon rendaient nerveux. Maxime avait perdu son calme. Après le meurtre de Lucia, la fusillade de la Villette dénotait l'affolement.

— Bon, très bon !

Monocle en goguette, Bohman achevait sa lecture de *Paris-Soir*.

— « *Les enquêteurs de l'agence Bohman, qui s'était déjà illustrée en résolvant plusieurs affaires d'importance, ont permis à la police de confirmer ses hypothèses et de boucler ses conclusions.* » Ce Peillon ne manque pas de talent.

— Ni de jugeote. Il réussit à nous faire mousser en ménageant les flics. Je vous l'avais dit, patron, cette affaire, c'est de l'or pour la boîte.

— Ma foi, depuis ce matin, le téléphone n'arrête pas de sonner. À ce propos, je ne serais pas fâché du retour d'Yvette.

Comme s'il voulait concurrencer le bigophone, le timbre de la porte est entré dans la danse. Sur le paillasson, un saute-ruisseau faisait antichambre, un pli à la main.

— Agence Bohman ?

— Tout juste, fils, j'ai dit en cherchant un pourliche.

— Une lettre de Maître Moro-Giafferi.

Le jeune gars tendait déjà la louche vers son bakchich. J'ai chopé l'enveloppe.

« Cher Monsieur,

Comme je le subodorais, les autorités sont en possession des documents qui se trouvaient au domicile de notre regretté Carlo Rosselli. Cianca, son admirable épouse, a néanmoins retrouvé ce courrier de Camilio Berneri, parvenu après la saisie. Elle m'autorise à vous le confier (j'y joins par ailleurs une traduction). Je le fais d'autant plus volontiers que l'article de Paris-Soir, *consacré à l'affaire Klement conforte, si besoin était, la confiance que notre cabinet a placée dans l'agence Octave Bohman.*

Bien à vous, Vincent de Moro-Giafferi. »

— Patron, votre cote a encore grimpé. Ce garçon mérite une récompense.

J'ai laissé Bohman en tête à tête avec le clerc et j'ai pris connaissance de la correspondance de Berneri.

« Mon cher Carlo,

Je ne partage pas ton analyse, même si j'y retrouve la rigueur morale que j'ai tant appréciée

lorsque nous combattions côte à côte, à Huesca.
Le front républicain ne sera bientôt plus qu'un
mot creux. Depuis plusieurs jours, des rumeurs
alarmantes nous parviennent de Madrid. Elles
font état d'une prochaine tentative de reprise en
main de la Catalogne. Comment ne pas voir que
si, aujourd'hui, nous luttons contre Burgos, de-
main nous serons obligés de nous battre contre
Moscou pour défendre notre liberté ?

Puisse l'Histoire me donner tort.

Fraternellement

CAMILIO »

Si j'avais espéré une révélation épistolaire, je
pouvais repasser. La bafouille transmise par
Moro ne m'apprenait rien. J'ai rangé la traduction et je me suis attardé sur l'original. J'ai
laissé courir mon regard sur les phrases en italien comme sur un paysage. La lettre était l'une
des dernières de Berneri. L'en-tête indiquait
qu'il l'avait rédigée le 20 avril 1937, à Puerta del
Sol.

Puerta del Sol... Le nom résonnait comme un
flamenco familier. Puerta del Sol. Je l'avais entendu récemment. J'avais beau me presser le ci-
tron, je ne parvenais pas à retrouver où. Sous
l'œil inquiet de Bohman, j'ai répété les quatre
syllabes à voix haute. Puerta del Sol... J'en étais
à piquer une suée à l'idée que le truc m'échappe,

quand il m'est revenu. Puerta del Sol. C'était chez Aude Beaupréau !

J'ai repris la feuille arrachée au carnet de Lema.

« *4 mai. Des tirs retentissent un peu partout. Ai aperçu M. à l'entrée d'une maison de Puerta del Sol.* »

4 mai, le jour où Camilio Berneri avait été vu vivant pour la dernière fois. J'ai vidé mon tiroir sur le bureau pour exhumer la coupure de presse trouvée chez Samuel Korb. Celui que Carlo Rosselli avait rejoint aux premiers jours de la guerre d'Espagne avait été emmené par deux hommes se prétendant de la police. Au petit matin, son corps avait été retrouvé sur les ramblas. Dans le bordel qui régnait à Barcelone, les autorités républicaines se refusaient au moindre commentaire. Ce n'était pas le cas de tout le monde. Le journaliste citait plusieurs sources selon lesquelles Berneri aurait pu être victime d'un règlement de comptes entre anarchistes. Pas besoin de dessin pour piger d'où venait la rumeur. Il en courait des dizaines taillées dans le même bois. Celui dont on fait les potences.

Pietro avait pigé, lui aussi. Et Samuel Korb, à son tour, au point de ne pas supporter la vérité. Maxime l'ami, Maxime le camarade était aussi Maxime l'exécuteur.

Quand Yvette s'est pointée à l'agence, le soir était tombé.

— Que faites-vous dans l'obscurité ? elle a demandé en allumant la lampe sur mon bureau.

— Je cherche un homme.

Le nez pincé, elle est allée ouvrir la fenêtre.

— Si vous voulez jouer les Diogène, cessez de fumer cette cochonnerie !

J'ai posé ma pipe.

— Tout philosophe qu'il était, il sentait pas la rose, Diogène. Et d'ailleurs, c'est le monde qui pue !

— Ouh, là !

— Il sent pas bon, le monde qui peut transformer un Maxime Collin en assassin.

— Nes, vous n'avez pas fait que bombarder, vous avez bu aussi...

— Comment il en est arrivé là, Maxime ? Un gars qui aimait la vie, les amis... Qui avait des idées pas plus bêtes que d'autres. Des idées autour desquelles on aurait pu trinquer chez Gopian...

— Où avez-vous caché votre bouteille ?

— Je ne pige pas.

— Ce n'est pourtant pas compliqué de voir que vous avez bu.

— Arrêtez avec ça ! Je suis plus sobre qu'un chameau. Ce que je ne comprends pas c'est comment un type comme Maxime peut devenir un tueur. Comment ses idées pas plus bêtes que les autres l'ont conduit là ?

— Où ?

— À Barcelone, à Belleville, peu importe ! Sa route est jonchée de morts. Et pourtant... Si quelqu'un lui avait dit qu'un jour, il ferait le bourreau...

Je m'apprêtais à me servir un godet, Yvette a subtilisé mon verre. J'en ai pêché un autre dans le tiroir.

— Maxime Collin, Pietro Lema, Gino Caretta, Samuel Korb. Les trois mousquetaires de France Navigation. L'internationalisme au secours de la République espagnole. Une belle aventure, non ?

— Je vois mal ce qu'il y a à redire...

— Rien, sauf qu'au fil du temps la croisière a changé de cap. Les livraisons d'armes soviétiques sont devenues le moyen de placer la République espagnole sous tutelle. Ce n'est plus seulement des flingots que France Navigation a exportés, c'est la révolution made in URSS. Modèle unique et déposé. J'ignore quand Maxime a fait le saut, mais lorsqu'il embarque sur le *Beluga* en avril trente-sept, ce n'est plus comme chef de la sécurité. Son nom a disparu des registres de la compagnie.

— Comment savez-vous ça ?

— Presque par hasard. Quand je suis allé voir Caretta, j'ai admiré les photos de navires qui décorent son couloir. Celle du *Beluga* est affichée près de l'organigramme de la société, c'est machinalement que je l'ai lu. Aucune mention de Maxime. Il n'a même plus de bureau boulevard Haussmann.

— Vous en concluez ?

— Que s'il navigue toujours à cette époque, c'est que la compagnie ne transporte pas que des armes.

— Et quoi d'autre ?

— Des types comme lui, qui vont et viennent avec les fusils. NKVD, Guépéou, services spéciaux soviétiques, appelez ça comme vous voulez. Lors des journées de mai, ils sont à pied d'œuvre. Maxime fait partie du lot. C'est lui qui abattra Berneri. Du moins, il sera au nombre des assassins.

— Hein ?

— Pietro l'aperçoit à Puerta del Sol. Il le note dans son carnet. Il ne comprendra la raison de sa présence que plus tard, en lisant le récit de la mort de Berneri dans un journal espagnol. Entre-temps, Pietro apprend que Maxime n'a pas terminé sa mission. Il pige que quelque chose ne tourne pas rond. Il n'aime pas ce qu'il voit à Barcelone. Et pas davantage ce qu'il en lit dans la presse. Parce qu'il ne s'agit pas de n'importe quelle presse !

J'ai sifflé mon verre. Yvette s'est impatientée et j'ai repris le récit de Lema.

— « *7 mai, Orwell m'a montré* L'Humanité *de la veille. Notre journal écrit que la tentative de putsch hitlérien a été vaincue à Barcelone.* » Putsch hitlérien ? Ce n'est pas vraiment ce que Pietro a constaté. Il tombe de haut et il n'est pas au bout de ses surprises. Ni de ses désillusions. La confirmation de la suite, je la dois à Bailly.

— L'inspecteur ?

— Je ne pouvais pas faire moins que lui permettre de revenir dans le jeu. Le meurtre de Lucia a eu lieu dans son secteur. Je l'ai appelé tout à l'heure. Apprendre que son assassin était aussi celui de Lema et de Klement l'a ragaillardi, les flics sont des drôles de pistolets. Du coup, il n'a fait aucune difficulté pour répondre à mes questions. Il se souvient parfaitement du carnet de Pietro, c'est lui qui l'a saisi chez Aude. On ne saura jamais comment une page s'est égarée dans les aventures de Chéri-Bibi, mais Bailly a eu tout le reste entre les mains.

— Et alors ?

— Alors, le 16 juin 1937 Pietro a repéré Maxime devant l'hôtel Falcon de Barcelone.

J'ai remis mon verre à niveau. Yvette a poussé un soupir excédé.

— Vous êtes exaspérant quand vous ménagez vos effets.

— Soit. Savez-vous ce qu'abritait l'hôtel Falcon ?

— Vous le faites exprès…

— Le siège du Poum. C'est là que, le 16 juin, Andres Nin et ses camarades ont été arrêtés. Nin après Berneri, Maxime est un gars efficace. Le 18, Pietro perd sa trace. Et pour cause, c'est le 18 que Nin est transféré à Valence pour y être interrogé. Personne ne le reverra.

— Pourquoi Pietro aurait-il gardé le silence pendant un an ?

— L'effondrement. Son univers s'est écroulé. Certitudes, espoirs, parti, amis… Même Samuel est resté sourd à ses appels. Pauvre Samuel, en apprenant la mort de Lema par les journaux, il a enfin compris. Et il ne l'a pas supporté. Pietro aurait pu suivre le même chemin, mais il a rencontré Aude. Et l'assassinat des Rosselli a dû suffisamment le secouer pour le pousser à reprendre le collier. Il n'est pas du genre à pleurer sur son sort quand les fascistes sont aux portes. Comme il estime avoir une dette envers ceux qu'il a vus entre le feu croisé des franquistes et de ses anciens camarades, il organise le vol d'armes avec Corbeau.

— Cela n'explique toujours pas pourquoi Maxime l'a supprimé.

— Juste. Pietro n'avait rien révélé et on peut penser que Maxime ignorait ce qu'il savait sur son compte.

— Alors ?

— Alors c'est du côté de Maxime lui-même qu'il faut chercher. Son boulot ne s'arrête pas à la frontière espagnole. Revenu en France, il infiltre un obscur groupuscule trotskiste. C'est moins sportif que la corrida catalane, mais Klement, secrétaire de Trotski, est à Paris et Trotski est dans le collimateur du NKVD. Approcher Klement, c'est l'approcher. Maxime se lie avec le maillon faible du groupe, Mikhaïl, un jeune écervelé qui n'est pas à une connerie près. Par lui, Maxime apprendra que Klement attend des informations d'Espagne. Quelque chose comme un bon gros dossier sur les journées de mai, que Lema aurait pu contribuer à étoffer.

— Lema ?

— C'est sans doute la seconde raison de son silence. Je ne serais pas surpris qu'une fois sorti de sa déprime, il ait poursuivi ses recherches sur les événements de Barcelone. On commence à voir débarquer pas mal de réfugiés qui en reviennent. Il en avait touché deux mots à Emilio. Bref, Maxime zigouille Klement après lui avoir fait écrire sa lettre de reniement. En possession du fameux dossier, il pige le rôle de Pietro et le fait disparaître à son tour.

— Si c'est le cas, pourquoi vous charge-t-il de le retrouver ?

— Maxime est fortiche. En me lançant à la recherche de Lema, il efface la mort de Klement.

Avec les deux macchabées, il n'en fait qu'un : Pietro. Quand sa disparition sera signalée, j'aurai déjà semé mes petits cailloux, la police n'aura plus qu'à les suivre. Aux yeux de tout un chacun, le corps du canal sera celui de Lema et je serai son meurtrier. Pour la galerie, Klement aura confessé ses erreurs et rejoint Moscou. Le coup a failli réussir. Maxime s'est même donné la peine d'empêcher les Croix-de-Feu de me faire un sort. Il tenait trop à son coupable pour le laisser abîmer. Pendant ce temps-là, je cavalais après la Cagoule fantôme de Corbeau. Au fait...

Yvette a rempli mon verre :

— C'est maintenant que vous vous inquiétez de lui ? Buvez pour oublier que vous oubliez vos amis. Il va, Corbeau. Comme on peut aller dans son état. Je l'ai accompagné dans les formalités d'usage. Ça lui a au moins occupé l'esprit.

Elle a regardé le bureau de Bohman.

— Et le patron, il est où, lui ?

Malgré l'alcool, j'ai senti la fraîcheur du soir me pénétrer.

— Rentré je suppose. D'ailleurs, je vais en faire autant.

Je me suis levé, le sol tanguait autant que le pont du Beluga. Quand j'ai voulu attraper ma pipe, le roulis a renversé le cendrier. Yvette m'a collé mon bitos sur le crâne.

— Où est votre manteau ?

— Sur le corps de Lucia. Je pouvais pas la laisser partir dans une pèlerine de flic.

Yvette m'a pris le bras et on est rentrés rue des Solitaires.

XXXIII

— Vous aviez rendez-vous avec M. Caretta ?

Un sourire crispé aux lèvres, la réceptionniste de France Navigation regrettait déjà sa question. Maintenant qu'elle me remettait, elle lui semblait idiote.

— Annoncez-moi ou pas, je m'en tamponne. Je connais le chemin.

Prudent, le liftier refermait sa grille. Je me suis lancé à l'assaut de l'escalier. Au quatrième, le souffle court, je maudissais mon penchant pour l'herbe à Nicot. Frais et dispos, Fernand Ligné me barrait la route. Le sous-fifre de Caretta avait toujours l'allure sportive. Et l'air réjoui à l'idée de me le prouver. Il a fait rouler ses biscotos sous son costard. Le truc troublait sûrement les dactylos, moi, j'avais passé l'âge des émois. J'ai sorti mon pétard.

— Les abdoms d'acier, ça stoppe le plomb ?

— Voyons, voyons... il a dit, conciliant.

Du canon, je lui ai montré le chemin. Il a pris

le couloir à reculons. C'était bien engagé mais on n'a pas été très loin. On avait à peine franchi la porte coupe-feu qu'il me la claquait sur le bras. J'ai lâché mon soufflant. En un éclair, j'ai pensé qu'il n'était pas perdu pour tout le monde. Quand la porte s'est rouverte, Ligné l'avait en pogne.

— Ce qu'il y a de bien avec les flics privés, il s'est marré, c'est qu'on peut se les payer pour moins cher que les vrais.

— Tu en mettrais ta tête à couper ?

Je n'avais pas moufté. Ligné a écarquillé les yeux comme s'il découvrait que j'étais ventriloque. Puis il a pivoté, lentement, le canon vers le sol. Résigné à l'idée de s'être fait avoir.

— Police, a dit l'inspecteur Bailly, l'arme au poing. Vraie police.

Dans sa cage, le liftier a eu un geste d'impuissance, Ligné a laissé tomber mon feu et on est entrés chez Caretta.

Le patron de France Navigation n'a pas eu l'air surpris de nous voir, plutôt contrarié par la bêtise de son subordonné.

— Quel vacarme ! il a fait, faussement badin. Que puis-je pour vous, messieurs ?

— Nous indiquer l'endroit où se cache Maxime Collin, a répliqué Bailly.

Caretta a caressé sa mèche blanche.

— Inspecteur, je croyais que l'enquête ne dépendait plus de votre service.

— Pour ce qui est de l'assassinat de Rudolf Klement, vous avez raison, monsieur. Mais les meurtres de Pietro Lema et de Lucia Norma, eux, sont de mon ressort.

— Lucia Norma ?

Il m'a semblé que Caretta perdait de sa superbe. Bailly l'a rencardé. Quand il a eu fini, Caretta s'était tassé. Une nouvelle fois, j'ai eu l'impression de le voir devant la tombe de Samuel Korb. Il a signifié à Ligné de sortir et il a ouvert le flacon de grappa.

— Je crois que vous venez encore de perdre un ami, j'ai dit tandis qu'il emplissait les verres.

Une goutte d'alcool est tombée sur le bureau. Caretta m'a regardé et je me suis senti aussi intéressant que sa corbeille à papier.

— Que pouvez-vous comprendre à ça ? il a demandé.

— Plus que vous le pensez. Gino, Pietro, Samuel et Maxime, je crois que je les connais bien.

Caretta a rebouché le flacon. J'ai poursuivi :

— Quatre copains venus des quatre coins de l'Europe, poussés par la misère, qui se sont trouvé une tribu d'adoption, un Parti. Celui des opprimés, avec majuscule et terre promise. Une famille qui les a éduqués, rendus meilleurs au point qu'ils allaient changer le monde. Faire du beau, du juste, de l'homme nouveau. Et protéger tout ce toutim de ses ennemis. Parce qu'il en a, des ennemis, le toutim ! Jusque chez les camarades. Ceux-là, ce sont les pires : des traîtres. Du moins, c'est ce qu'on dit quand on les désigne...

Caretta avait blêmi.

— Taisez-vous !

— Combien en avez-vous largué, des traîtres, qui avaient tout donné, comme Pietro ?

Il a cogné sur la table.

— Vous ignorez tout du combat que nous menons ! Des nôtres qui croupissent dans les geôles, de ceux qui meurent pendant que vous discourez... Croyez-vous que l'Espagne aurait la moindre chance de survie avec des gens tels que vous ?

J'ai jeté mon verre à travers la pièce :

— Et Lucia, quelle chance elle avait ?

Caretta n'a pas trouvé la réponse. Il s'est contenté de fixer la tache de grappa. Bailly a séché son godet, il l'a reposé sur le bureau et il s'est extirpé du fauteuil :

— Monsieur, je me moque de votre cuisine espagnole. Mais votre ami Collin a commis un nouvel assassinat dans mon secteur. Et celui-là, voyez-vous, personne ne m'en dessaisira.

Caretta contemplait toujours la grappa. Il paraissait plus assommé qu'après un discours du

274

Comité central. Bailly a sorti les bracelets. Le patron de France Navigation a levé les yeux.

— Vous êtes fou, il a dit comme s'il constatait une évidence. Vous savez très bien que j'ignorais tout des agissements de Maxime depuis son retour en France.

— Monsieur, a répondu l'inspecteur, je vais vous prier de me suivre.

Caretta était plus blanc que sa mèche.

— 12, rue des Rondeaux, il a lâché d'une voix à peine audible.

On a retraversé le hall dans un silence plus lourdingue que *La Pravda*. Sur le trottoir j'ai eu l'impression de retrouver l'air libre :

— Eh bien, il a fini par le lâcher, son pote.

— Sauf à se rendre complice, il ne pouvait rien faire d'autre, l'équipée sanglante de Collin l'a secoué.

— Que sont mes amis devenus... ?

Bailly avait sorti son papier à cigarette. Il m'a biglé, une feuille de Job collée à la lèvre.

— Laissez tomber, j'ai fait. On va cueillir Maxime ?

L'inspecteur a fini de rouler sa cibiche. Il a arraché les petits morceaux de tabac qui dépassaient, il les a remis soigneusement dans le paquet et il a allumé sa clope.

— Vous pensez vraiment que l'oiseau sera au nid ? il a demandé dans un jet de fumée.

— M'est avis qu'il a commencé sa migration.

— Alors ?

— Alors, je me disais qu'on ne pouvait pas empêcher un journaliste d'en apprendre suffisamment pour jeter un pavé dans la mare.

— Un journaliste de *Paris-Soir* ?

— Par exemple...

La cigarette de Bailly s'était éteinte. Il s'est arrêté pour la rallumer.

— Moi, je suis au courant de rien, il a fait. J'envoie deux gars planquer rue des Rondeaux. Pour le reste, la presse est libre.

— Vous êtes un curieux flic.

Sa cibiche ne tirait pas. D'une pichenette, il l'a envoyée dans le caniveau. Il l'a regardée voguer et il a soupiré :

— Le problème avec vous, c'est que vous êtes truffé de préjugés.

Nous arrivions à sa bagnole. Il a ouvert la porte :

— Je vous emmène ?

— Où ça ? j'ai demandé, surpris.

— Aux obsèques de votre amie Lucia. En voiture, nous y serons dans un quart d'heure.

Son profil de serpent ne trahissait aucune expression.

Rue Curial, la foule nous empêchait d'approcher. Pour son dernier voyage, Corbeau avait offert à Lucia des obsèques de reine. De ces funérailles dont on se souvient des années durant dans tout un quartier. Le quartier, il était là, au complet. Les femmes en chapeau et les hommes à l'étroit dans leurs beaux habits. Avec partout des mouchoirs mouillés, des yeux rougis et des têtes à penser qu'on est pas grand-chose sur terre. Des messes basses aussi, comme un chuchotis de compassion.

Les collègues de Corback avaient fait le déplacement. Ceux des Pompes, en grande tenue, venus soutenir leur camarade, et ceux du music-hall, la cohorte des magiciens, fakirs, illusionnistes de tout acabit. Au total, ça faisait un drôle de public, mélangé, exotique. J'y ai retrouvé Yvette. On a joué des coudes pour gagner l'immeuble. Enrubanné de noir il ressemblait à une bonbonnière macabre. Le noir, il y en avait jusque sur les drapeaux, avec, ici ou là, un peu de rouge. Autour, pas un compagnon ne manquait à l'appel. S'ils avaient eu envie de lancer leurs filets, les flics auraient sûrement ramené une pêche miraculeuse. Mais les flics, ce jour-là, ils se faisaient discrets. Bailly était maître chez lui. Près du corbillard, il caressait les chevaux caparaçonnés qui rongeaient patiemment leur mors.

Dans la cohue, j'ai repéré Breton, la crinière au vent, le jeté d'écharpe artiste. Je le rejoignais quand les croque-morts ont descendu le cercueil. Swami en tête, les porteurs se sont frayé un chemin jusqu'au corbi. Ils ont fait glisser la boîte à l'arrière, le cocher a secoué les rênes et le convoi s'est ébranlé. Il avait du chemin à faire. Pour le baliser, Corbeau avait passé la nuit à afficher l'effigie de Lucia sur les murs. Avec son sourire de Joconde des barrières, elle avait l'air de se foutre de nous.

Vers Combat, on a commencé à sentir la fatigue. Augmentée de la tension nerveuse, elle pesait son poids. Le cortège en a pris des allures de manif. Étiré, avec du mou dans les bannières et des haltes pipi aux vespasiennes. Je marchais près de Breton. Silencieux, il regardait droit devant. Y avait pas besoin d'être médium pour savoir que, dans sa tête, le visage de Lucia se mêlait au chat de Péret.

À mon côté, Yvette tirait la patte, rapport aux chaussures neuves qu'elle avait tenu à mettre. À proximité du Père-Lachaise, elle s'est arrêtée pour les assouplir. Machinalement, j'ai observé la rue des Rondeaux. L'immeuble où avait vécu Maxime était aussi étroit que si l'architecte l'avait encastré entre les maisons mitoyennes. Le rez-de-chaussée et le premier étage étaient occupés par un marchand de cycles dont l'enseigne, « À la roue tourne », détonnait dans le décor. Au second, on ne distinguait qu'un seul appartement.

— Ça va mieux !

Yvette avait remis ses chaussures. On repartait quand une silhouette s'est découpée derrière la croisée. J'ai cherché Bailly dans l'assistance. Pour le trouver, j'ai remonté le cortège à pas pressés, mon manège a tiré Corbeau de ses pensées.

— Qu'est-ce qui se passe ? il a grogné, les yeux plein de larmes.

Bailly rappliquait. Je lui ai montré la fenêtre.

— Il y a quelqu'un chez Maxime, c'est un de vos flics ?

— Bien sûr que non. Ils planquent en bas.

— Ils planquent ou ils dorment ?

Corback avait pigé. D'un bond, il a sauté sur le corbi, il a poussé le cocher et il s'est emparé des rênes. On a entendu claquer le cuir et les chevaux, surpris, ont piqué des deux. Un petit trot, d'abord, comme s'ils s'échauffaient, puis un galop d'essai quand Corbeau a crié :

— Hue ! Dia !

Devant nous, le corbillard filait plus vite que le train fantôme à Luna Park.

— Nosferatu ! a murmuré Breton, livide.

Dans le fracas des sabots, la carriole a disparu en cahotant. Les plus rapides ont couru sur ses traces, Bailly et Breton en tête. Sur notre trajet, les passants ébahis se découvraient sans bien comprendre. À force de nous voir cavaler, quel-

ques-uns ont agité leur chapeau comme à l'arrivée du Grand Prix à Auteuil. Loin devant, on
entendait toujours Corbeau qui criait :

— Hue ! Dia !

On est arrivés rue des Rondeaux, hors d'haleine. Au pied de l'immeuble, le cocher calmait
ses gails frémissants. Un flic en civil nous a rejoints, ahuri.

— Patron ? Je venais d'appeler la boîte pour
signaler la présence d'un individu au domicile
du suspect quand un dingue a surgi d'un corbillard...

On s'est précipités dans l'escalier. C'est au
premier qu'il nous est tombé entre les jambes.
Comme un tas de barbaque jeté à la volée, le
gars a dégringolé jusqu'au marchand de cycles.
Sa tête a rebondi de marche en marche et il n'a
plus bougé.

Je me suis approché. Dans son costume d'alpaga déchiré, l'homme paraissait mal en point.
Un filet de sang coulait de ses cheveux poivre
et sel à ses joues couperosées.

— Vous le connaissez ? a demandé Bailly
tandis que Corbeau redescendait.

J'ai soulevé la tête sanguinolente :

— Je vous présente Beaupréau !

XXXIV

Après le chambard de la veille, la carrée de Maxime était plus calme qu'un caveau. De la fenêtre qui donnait sur le Père-Lachaise, je regardais le fossoyeur, en contrebas, étayer une tombe fraîchement creusée. Son activité semblait la seule trace de vie du secteur.

Après avoir passé le deux pièces au peigne fin, les flics s'en étaient allés, bredouilles. Ce n'était pas le cas de Peillon. Assis sur un coin de table, le reporter de *Paris-Soir* avait fait le plein d'infos. Il les digérait en sirotant un Picon dégoté dans le buffet :

— Et vous avez installé des contrôles dans les gares ?

Bailly a jeté son mégot dans l'évier.

— Gares et ports. Maintenant, vous savez tout. À vous d'en faire bon usage.

— Comptez sur moi.

— Vous travaillez sans filet, j'ai dit, le nez à la fenêtre.

Le journaliste a paru surpris.

— Vous craignez quoi ?

— Dans la curée, certains de vos confrères vont pas se gêner pour tirer sur tout ce qui ressemble à un rouge. C'est si facile, un mort chasse l'autre.

— Je ne vous suis pas.

— Je pensais aux frères Rosselli.

— Leurs assassins sont sous les verrous, non ?

— Les pages se tournent vite. Passez voir Moro-Giafferi à l'occasion !

— Moro ?

— De ma part.

— Vous êtes une vraie mine !

Une mélodie s'échappait des fenêtres voisines. Le genre de musique capable de changer un légionnaire en statue de sel rêveuse.

— Gouleyant, a lâché Bailly en se versant un Picon.

Peillon s'est marré.

— Pour sûr, c'est la *Suite n° 1 pour violoncelle* de Bach. Pablo Casals a préféré quitter l'Espagne plutôt que de la jouer pour Franco.

On a vidé nos guindals à la santé de Jean-Sébastien et on est redescendus en silence. Sur le trottoir, une marchande de mouron proposait ses graines à oiseaux.

— Vous bilez pas, a fait Peillon en allumant une cigarette. Les pages de *Paris-Soir* seront à la hauteur.

— À Dieu vat !

Il a souri :

— Dans votre bouche, c'est marrant.

Et il s'est éloigné vers le métro, la clope au bec.

— Je vous dépose ? a proposé Bailly en ouvrant sa bagnole.

Je me suis installé :

— Méfiez-vous, ça va devenir une habitude.

— En cherchant bien, on doit en trouver de pires.

On a roulé sans parler, vitres baissées, dans l'odeur des bourgeons charriée par le vent. Avenue Simon-Bolivar, Bailly a stoppé aux pieds de l'agence.

— Vous y êtes, il a constaté comme à regret.

On s'est serré la main, il ne m'a pas rendu la mienne tout de suite.

— Au revoir, Pipette.

C'était comme si le passé me sautait sur le poil, menottes au poing. J'ai bondi.

— Vous m'avez appelé comment ?

— Ne jouez pas les idiots, il a dit. Faites-vous plutôt établir de nouveaux papiers, les vôtres sont vraiment trop faux[1].

— Vous savez ça depuis quand ?

— Depuis que l'état civil m'a informé que

1. Voir *Les Brouillards de la Butte*.

vous n'existiez pas. Je me suis longtemps demandé pourquoi Collin vous avait choisi. Votre identité à la gomme faisait vraiment de vous le coupable idéal. « Beaupréau » me l'a confirmé. Ce n'est qu'un second couteau mais il n'a peut-être pas fini de nous en apprendre.

Il a refermé la portière et il a démarré. Il avait disparu depuis belle lurette que j'étais encore planté sur le trottoir, comme un légume stupide.

Je me suis secoué. Sur le pas de sa porte, Gopian expliquait à un soiffard à vélo que son établissement était fermé.

— Et lui, alors ? a demandé le gars quand je suis entré.

— C'est la famille, a répondu Gopian. Nous avons un repas de deuil.

L'autre s'est excusé. Il a enfourché son bicycle et il a pédalé jusqu'au rade suivant.

À l'intérieur du restau, j'ai retrouvé Yvette. Elle écoutait Breton lui parler de l'amour fou en buvant ses paroles. D'après la bouteille de raki au bar, elle n'avait pas bu que ça.

Gopian avait dressé sa plus belle table. Avec une nappe empesée, des serviettes pliées bien savamment et des couverts astiqués. Le couteau et la fourchette, comme il faut, à leur place. Les règles, on les respectait pas bezef, d'ordinaire. Mais pour un ami qui s'en va, on se serait fait hacher menu plutôt que de faillir à la plus petite. Je regardais tout ça et je me souvenais d'un tas de trucs que ma pauvre mère s'était échinée à apprendre à son gars, avant qu'il tourne mal. C'était doux comme une fête mélancolique. Quand on sait qu'après les rires, il ne reste rien.

Gopian inspectait sa table, cherchant le détail qui cloche. J'ai posé une main sur son épaule :

— C'est parfait, Corbeau y sera sensible.

Corbeau, il s'est pointé vers les sept heures. On a tout de suite repéré le poids de l'absence sur ses endosses. Il en était si voûté que, pour un peu, j'y aurais vu une croix. C'est vache, le chagrin.

On s'est composé des gueules d'affection en essayant de dire des trucs avec nos yeux. J'ai songé aux signaux que Lucia décryptait dans leur numéro et je me suis demandé si Corback parviendrait à ne pas penser à elle à chaque instant. C'est à ce moment-là que j'ai remarqué le vase sous son bras. Il l'a posé sur le comptoir et j'ai croisé les doigts pour que personne s'avise d'y mettre de la flotte. Les cendres de Lucia n'auraient pas aimé être délayées.

Corbeau a surpris mon regard.

— Elle part avec moi, il a dit.

Yvette a chaussé ses lunettes et ses pupilles se sont dilatées. J'ai opéré un mouvement de diversion vers la table.

— À quand le voyage ?

— Après-demain. Lebœuf nous attend à Barcelone... Sans regret, Nes ? Il reste une place à bord.

J'ai avancé la chaise d'Yvette :

— Je n'en ai pas encore fini ici.

Fasciné par l'urne funéraire, Breton gardait le silence. Quand on s'est attablés, il a contemplé l'ombre rouge du vin qui dansait sur la nappe. Il a secoué sa crinière et il a dit :

— Sur les lèvres du voyageur, le sourire calme des croque-morts s'est posé.

Dans un roulement de métal, Gopian a baissé le rideau de fer.

XXXV

Le lendemain, un soleil radieux brillait sur Belleville. Les arbres, le linge aux fenêtres et même la pelouse pelée des HBM en prenaient des allures de Midi. Jusqu'à la flotte dans le caniveau, chantante comme une fontaine, et les carreaux, ouverts un peu partout, qui étincelaient.

Devant chez Aude, trois mômes aux genoux couronnés descendaient des talus, tirant une caisse à savon montée sur roulettes. Ils chantaient à tue-tête un truc où revenaient pêlemêle des nouilles et des jambes de bois.

En chemin, j'avais répété des tas de formules, toutes plus creuses les unes que les autres. Maintenant que j'étais arrivé, je les avais oubliées. J'ai pensé que ça n'avait pas d'importance. Quelque chose dans l'air m'annonçait que, désormais, Aude savait. Elle avait juste besoin que quelqu'un le lui dise, et ce quelqu'un, c'était moi.

J'ai pénétré dans l'immeuble. Sur le mur de l'escalier, j'ai retrouvé les cœurs bleus percés de leur flèche. À l'étage d'Aude le salpêtre avait fini de ronger le dessin. J'ai frappé. Un pas léger a effleuré le plancher, à l'intérieur. Quelque part, un serin s'égosillait dans sa cage. Dehors, j'ai entendu les gosses chanter :

« La meilleure façon d'marcher, c'est encore la nôtre, c'est de mettre un pied d'vant l'autre, et d'recommencer. »

ÉPILOGUE

Le corps de Pietro Lema n'a jamais été retrouvé.

Le meurtre de Camilio Berneri demeure inexpliqué.

Les circonstances de la fin d'Andres Nin n'ont été révélées qu'en 1992 lors de l'ouverture des archives du KGB. Albert Camus avait écrit, en 1954 : « *Sa mort marque un virage dans la tragédie du XXe siècle, qui est le siècle de la révolution trahie.* »

Devant le château de Couterne, en Basse-Normandie, on peut lire l'inscription suivante : « *À Carlo et Nello Rosselli, tombés ici pour la justice et la liberté, sous le poignard de la Cagoule, par ordre du régime fasciste italien, le 9 juin 1937.* »

GUERRE D'ESPAGNE

Le 16 février 1936, la coalition des gauches remporte les élections espagnoles. Le 16 juillet, en réaction, une partie de l'armée se soulève sous les ordres du général Franco.

Pour s'opposer aux troupes franquistes, des comités populaires sont constitués dans les différentes régions, des milices sont créées.

En août/septembre 1936, 27 nations signent un pacte de non-intervention par lequel elles s'engagent à ne pas s'immiscer dans le conflit. L'Italie et l'Allemagne appuient le général Franco.

Les forces rebelles gagnent du terrain. Dans le camp républicain, de violentes dissensions opposent les partisans de la révolution à ceux pour qui, face aux franquistes, la poursuite de la guerre et l'alliance la plus large doivent primer.

À partir d'octobre 1936, l'URSS, signataire du pacte de non-intervention, apporte néanmoins son aide au gouvernement républicain (livraisons d'armes, envoi de conseillers militaires...). Cet appui favorise la montée en puissance du Parti communiste espagnol qui opère une lente reprise en main de la situation. Parallèlement, le Komintern (Internationale communiste) appelle à neutraliser les opposants à la ligne soviétique. En Catalogne, ce processus aboutira aux journées de mai 1937 au cours desquelles milices communistes et garde civile affrontent les anarchistes et les militants du Poum, parti de gauche opposé à la politique stalinienne.

Pendant ce temps, Franco poursuit son offensive. Le 14 avril 1938, la zone républicaine est coupée en deux par l'avancée de ses troupes. Le 23 décembre, les franquistes entrent en Catalogne. Barcelone tombe le 26 janvier 1939, Madrid le 3 mars, ouvrant la porte à une vague de terreur et de répression.

CNT

Confédération nationale du travail. Elle est alors, avec l'UGT socialiste, l'une des deux principales organisations syndicales espagnoles. Fondée en 1911, les orientations anarchistes y sont majoritaires. Néanmoins, la CNT participera au gouvernement de Front populaire. Ce qui ne va pas sans provoquer de nombreux débats internes.

ROSSELLI CARLO (1899-1937)

Socialiste italien, fondateur du mouvement *Giustizia e libertà*. Il organise l'une des premières colonnes de volontaires qui rejoignent les républicains espagnols. Partisan d'un socialisme libéral et démocratique, il encourage la résistance armée au fascisme. Il sera assassiné en France, avec son frère Nello, par des tueurs de la Cagoule sur ordre de Mussolini.

BERNERI CAMILIO (1887-1937)

Professeur de philosophie, figure du mouvement anarchiste italien. Il participe à la guerre d'Espagne. Opposé à la présence des anarchistes au gouvernement, il trouvera la mort lors des journées de mai 1937 au cours desquelles libertaires et membres du Poum s'opposent au Parti communiste.

BRIGADES INTERNATIONALES

Corps de volontaires créés à l'initiative de l'Internationale communiste en septembre 1936. Elles regrouperont 35 000 combattants de 70 nationalités différentes. Elles seront dissoutes à la fin de l'été 1938.

COLONNES ET MILICES

Fondées dès juillet 1936 dans les sillage des partis et des syndicats, elles regroupent de nombreux combattants volontaires qui s'opposent à la rébellion franquiste. La première colonne sera fondée par Buenaventura Durruti, célèbre anarchiste, et Pérez Faras, mitaire républicain. Fin 1936, on recensera jusqu'à 40 000 miliciens tenant 450 km de front. De nombreux volontaires étrangers rejoindront les colonnes, notamment celle de la CNT et du Poum.

POUM

Parti ouvrier d'unification marxiste. Il fut fondé à Barcelone en 1935 après la fusion du Bloc ouvrier et paysan et de la Gauche communiste d'Espagne. Opposé à la politique du Parti communiste, il sera l'une des principales cibles de la chasse aux sorcières déclenchée par les staliniens.

ANDRES NIN (1892-1937)

Instituteur, journaliste, cet ancien secrétaire de la CNT a vécu plusieurs années en URSS. Partisan de l'opposition à Staline, il en est expulsé en 1930. Il sera proche de Trotski avant de rompre avec lui. Il est l'un des fondateurs du Poum dont il deviendra le secrétaire général en 1936. Enlevé en 1937 lors des journées de Barcelone, il sera torturé et assassiné par le NKVD, la police secrète soviétique dont les agents opèrent alors en Espagne.

DU MÊME AUTEUR

Aux Éditions Gallimard

Dans la collection Série Noire

SOLEIL NOIR, 2007.

BOULEVARD DES BRANQUES, 2005.

BELLEVILLE-BARCELONE, n° 2695, 2003, Folio Policier n° 489.

LES BROUILLARDS DE LA BUTTE, n° 2606 (Grand Prix de littérature policière 2002), 2001, Folio Policier n° 405.

TERMINUS NUIT, n° 2560, 1999.

TIURAÏ, n° 2435, 1996, Folio Policier n° 379.

Chez d'autres éditeurs

L'AFFAIRE JULES BATHIAS, collection Souris Noire, Syros, 2006.

LE VOYAGE DE PHIL, collection Souris Noire, Syros, 2005.

COLLECTIF : PARIS NOIR, Akashic Books, USA, 2007.

Avec Jeff Pourquié

VAGUE À LAME, Casterman, 2003.

CIAO PÉKIN, Casterman, 2001.

DES MÉDUSES PLEIN LA TÊTE, Casterman, 2000.

COLLECTION FOLIO POLICIER

Dernières parutions

Composition Nord Compo
Impression Novoprint
le 28 février 2008
Dépôt légal : février 2008
1er dépôt légal dans la collection: octubre 2007

ISBN 978-2-07-034757-5/Imprimé en Espagne.